Wilkie Collins

Ein tiefes Geheimniss

SALZWASSER
VERLAG

Wilkie Collins

Ein tiefes Geheimniss

Unveränderter Nachdruck der Originalausgabe von 1862.

1. Auflage 2022 | ISBN: 978-3-37507-865-2

Verlag: Salzwasser Verlag GmbH, Zeilweg 44, 60439 Frankfurt, Deutschland
Vertretungsberechtigt: E. Roepke, Zeilweg 44, 60439 Frankfurt, Deutschland
Druck: Books on Demand GmbH, In de Tarpen 42, 22848 Norderstedt, Deutschland

Ein tiefes Geheimniss.

Erster Band.

Ein tiefes Geheimniss.

Roman

von

Wilkie Collins,

Verfasser von „Die Frau in Weiß“ ꝛc.

Aus dem Englischen

von

A. Kretzschmar.

Autorisirte Ausgabe.

Leipzig

1862.

Erstes Kapitel.

Der 23. August 1829.

„Ich bin neugierig, ob sie den heutigen Tag überlebt.“

„Sieh einmal an die Uhr, Joseph.“

„Zehn Minuten über Zwölf. Dann hat sie ja den Tag schon überlebt, Robert, denn es sind bereits zehn Minuten des neuen vorüber.“

Diese Worte wurden in der Küche eines großen Landhauses gesprochen, welches an der Westküste von Cornwall lag. Die Sprechenden waren zwei der Diener, welche das Hauspersonal des Kapitän Treverton ausmachten, eines Marineoffiziers und des ältesten männlichen Repräsentanten einer alten Familie dieser Provinz.

Beide Diener unterhielten sich zurückhaltend und flüsternd, während sie dicht beisammen saßen und sich, so oft ihr Gespräch ins Stocken kam, erwartungsvoll nach der Thür umblickten.

„Es ist etwas Schauerliches“, sagte der ältere der

beiden Männer, „daß wir zwei so allein hier sitzen in dieser unheimlichen Stunde und die Minuten zählen, welche unsere Herrin noch zu leben hat.“

„Robert“, sagte der andere, indem er seine Stimme so tief senkte, daß sie kaum zu hören war, „Du bist von Deinen Knabenjahren an hier im Dienste gewesen — hast Du jemals gehört, daß unsere Herrin Schauspielerin war, als unser Herr sie heirathete?“

„Woher weißt Du denn das?“ fragte der ältere Diener stutzend.

„Still, still!“ rief der andere, indem er sich hastig von seinem Stuhl erhob.

Eine Klingel läutete draußen auf dem Gange.

„Gilt das einem von uns?“ fragte Joseph.

„Kannst Du denn immer noch nicht unsere Klingeln schon am Klange unterscheiden?“ rief Robert verächtlich. „Diese gilt Sara Leeson. Geh hinaus und sieh nach.“

Der jüngere Diener nahm ein Licht und gehorchte. Als er die Küchenthür öffnete, fiel sein Auge auf eine lange Reihe gegenüber an der Wand angebrachter Klingeln. Ueber jeder derselben stand in saubern schwarzen Buchstaben das unterscheidende Prädicat des Dieners, den sie zu rufen bestimmt war. Die Reihe dieser Ueberschriften begann mit „Haushälterin“ und endete mit „Küchenmagd“ und „Laufbursche.“

Die Klingeln entlang schauend, bemerkte Joseph mit leichter Mühe, daß eine derselben in Bewegung war. Ueber derselben stand das Wort „Kammermädchen.“

Nachdem er dies bemerkt, ging er rasch den Gang

entlang und pochte am Ende desselben an eine große altväterische Thür von Eichenholz.

Da keine Antwort erfolgte, so öffnete er die Thür und schaute in das Zimmer hinein. Es war finster und leer.

„Sara ist nicht in dem Zimmer der Haushälterin“, sagte Joseph, nachdem er zu seinem Kameraden in die Küche zurückgekehrt war.

„Dann ist sie in ihr Schlafzimmer gegangen“, entgegnete der ältere Diener. „Geh hinauf und sage ihr, daß ihre Herrin sie verlangt.“

Als Joseph hinausging, läutete die Klingel wieder.

„Rasch! — rasch!“ rief Robert. „Sage ihr, die Herrin verlange sie sofort. Vielleicht“, fuhr er leiser mit sich selbst sprechend fort, „vielleicht zum letzten Mal.“

Joseph stieg drei Treppen hinauf, ging die Hälfte eines langen gewölbten Corridors entlang und pochte an eine zweite altväterische Thür von Eichenholz.

Diesmal ward der Ruf beantwortet. Eine tiefe, aber klare, sanfte Stimme im Zimmer fragte, wer da sei.

Joseph richtete in wenig hastigen Worten seinen Auftrag aus. Ehe er noch ausgeredet hatte, öffnete sich die Thür ruhig und schnell und Sara Leeson trat ihm mit ihrem Lichte in der Hand auf der Schwelle gegenüber.

Nicht groß, nicht schön, nicht in ihrer ersten Jugend, schüchtern und unentschlossen in ihrem Wesen, äußerst schlicht und einfach in ihrer Kleidung, war die Zofe, trotz aller dieser Nachtheile, eine Person, die man nicht ohne ein Gefühl von Neugier, ja sogar von Interesse betrachten konnte.

Wenig Männer würden bei ihrem ersten Anblick nicht den Wunsch empfunden haben, zu erfahren, wer sie sei, und wenige würden sich befriedigt gefühlt haben, wenn sie zur Antwort erhalten: „Es ist Mistreß Treverton's Zofe." Wenige hätten sich des Versuchs enthalten, aus ihrem Gesicht und ihrem Benehmen irgend einen geheimen Aufschluß zu erlauschen, aber keinem, selbst nicht dem geduldigsten und geübtesten Beobachter, wäre es gelungen, mehr zu entdecken, als daß sie in einer frühern Zeit ihres Lebens die Feuerprobe großer Leiden und Anfechtungen bestanden haben müsse.

Es lag in ihrem Wesen und noch mehr in ihrem Gesicht etwas, was deutlich und wehmüthig sagte: „Ich bin das Wrack von etwas, dessen Anblick Dir früher zur Freude gereicht haben würde, ein Wrack, welches niemals wieder in Stand gesetzt werden kann — welches unbeachtet, ohne Führer, ohne Mitleid durchs Leben weitertreiben muß, bis es den verhängnißvollen Strand berührt und die Wogen der Zeit diese kümmerlichen Ueberreste meines Ich für immer verschlungen haben."

Dies war die Geschichte, die in Sara Leeson's Zügen geschrieben stand — dies und nichts weiter.

Von allen, welche diese Geschichte sich selbst zu deuten versucht, würden wahrscheinlich auch nicht zwei eine und dieselbe Ansicht über die Beschaffenheit des Leidens gehabt haben, welches diese Person durchzumachen gehabt.

Erstens war es schwierig zu sagen, ob der Schmerz, welcher ihr sein unauslöschliches Gepräge aufgedrückt, Schmerz des Körpers oder Schmerz der Seele gewesen sei. Von welcher Beschaffenheit aber auch die Heimsuchung, von der sie betroffen worden, gewesen sein mochte, so waren die Spuren, welche dieselbe zurückgelassen, in jedem Theile ihres Gesichts tief und auffallend sichtbar. Ihre Wangen hatten ihre Rundung und natürliche Farbe verloren, ihre in Bezug auf Bewegung eigenthümlich biegsamen, zartgeformten Lippen hatten eine ungesunde, blasse Farbe angenommen, ihre großen, schwarzen, von ungewöhnlich dichten Wimpern überschatteten Augen hatten einen seltsamen ängstlichen, scheuen Blick, der sie niemals verließ und die schmerzliche Empfindlichkeit und angeborne Schüchternheit ihrer Gemüthsart auf mitleiderregende Weise verrieth.

Insoweit waren die Spuren, welche Kummer oder Krankheit an ihr zurückgelassen, ganz dieselben, welche den meisten Opfern geistiger oder physischer Leiden gemeinsam sind.

Eine ganz außerordentliche Veränderung aber, die mit ihr vorgegangen war, bestand in dem unnatürlichen Wechsel, der die Farbe ihres Haars betroffen hatte. Es war so dicht und weich und noch ebenso schön und üppig wie das Haar eines jungen Mädchens, aber grau wie das Haar einer Matrone. Es schien in der auffälligsten Weise jeder Spur von Jugend, die sich noch in den Gesichtszügen vorfand, zu widersprechen.

Trotz der Magerkeit und Blässe des Gesichts hätte man dieses nämlich, sobald man es richtig angesehen, keinen Augenblick für das einer bejahrten Frau halten können. So abgezehrt die Wangen auch waren, so hatten dieselben doch nicht eine einzige Runzel. Ihre Augen besaßen, abgesehen von dem darin vorherrschenden Ausdruck von Unruhe und Schüchternheit, noch jenen feuchtschimmernden Glanz, der an den Augen alter Leute niemals wahrzunehmen ist. Die Haut um die Schläfe herum war zart und glatt wie die eines Kindes.

Diese und noch einige andere nie trügende Anzeichen bewiesen, daß sie in Bezug auf die Jahre noch in der Blüte des Lebens stand. So kränklich und bekümmert sie auch aussah, so hatte sie doch von den Augen abwärts ganz das Ansehen eines Frauenzimmers, welches höchstens dreißig Jahre zählte.

Von den Augen an aufwärts aber war der Eindruck ihres üppigen grauen Haares, in Verbindung mit ihrem Gesicht betrachtet, nicht blos ein unvereinbarer, sondern auch geradezu befremdender, so befremdend, daß es kein Widerspruch ist, wenn man sagt, daß sie natürlicher ausgesehen haben würde, wenn ihr Haar gefärbt gewesen wäre. Die Kunst hätte in diesem Falle die Wahrheit zu sein geschienen, weil die Natur wie Lüge aussah.

Welche Zauberkraft hatte ihrem Haar in seiner üppigsten Reife die Farbe eines unnatürlichen Greisenalters mitgetheilt? War es schwere Krankheit, oder furchtbarer Kummer gewesen, der sie in der Blüte ihrer Jahre grau gemacht?

Diese Frage hatte ihre Dienstgenossen oft beschäftigt, denn alle waren, als sie sie zum ersten Mal gesehen, von der Eigenthümlichkeit ihrer persönlichen Erscheinung betroffen und überdies durch ihre eingewurzelte Gewohnheit mit sich selbst zu sprechen — ein wenig argwöhnisch gemacht worden.

Mochten sie sie jedoch fragen, wie sie wollten, so ward ihre Neugier dennoch niemals befriedigt. Man konnte weiter nichts ermitteln, als daß Sara Leeson in Bezug auf ihr graues Haar und ihre Gewohnheit, mit sich selbst zu sprechen, sehr empfindlich war und daß ihre Herrin schon seit langer Zeit jedem im Hause von ihrem Gemahl an verboten hatte, ihre Zofe durch neugierige Fragen zu belästigen.

Schweigend stand sie an jenem verhängnißvollen Morgen des dreiundzwanzigsten August einen Augenblick vor dem Diener, der sie an das Sterbebett ihrer Herrin rief, während die Flamme des Lichts flackernd ihre großen, fragenden, schwarzen Augen und das üppige, unnatürlich graue Haar über denselben beleuchtete. Schweigend stand sie einen Augenblick da, die Hand, welche den Leuchter hielt, zitterte, sodaß das auf dem breiten Fuße desselben liegende Löschhütchen unaufhörlich klapperte; dann dankte sie dem Diener, daß er sie gerufen. Die Unruhe und Furcht, die, während sie sprach, in ihrer Stimme lag, schien den gewohnten Wohlklang derselben noch zu erhöhen, und die Aufgeregtheit ihres Wesens that ihrer gewöhnlichen Sanftheit und ihrer zarten, einnehmenden weiblichen Zurückhaltung keinerlei Eintrag.

Joseph, der wie die andern Diener ihr im Stillen mißtraute und abgeneigt war, weil sie von dem gewöhnlichen Kammermädchentypus so gewaltig abwich, ward bei dieser Gelegenheit durch ihr Wesen und durch ihren Ton, indem sie ihm dankte, so seltsam berührt, daß er sich erbot, ihr das Licht bis an die Thür des Schlafzimmers ihrer Herrin zu tragen.

Sie schüttelte jedoch den Kopf und dankte ihm nochmals; dann ging sie rasch an ihm vorüber und aus dem Corridor hinaus.

Das Zimmer, in welchem Mistreß Treverton im Sterben lag, war eine Etage tiefer. Sara zögerte zwei Mal, ehe sie an die Thür pochte. Dieselbe ward von Kapitän Treverton selbst geöffnet.

In dem Augenblick, wo sie ihren Herrn sah, fuhr sie vor ihm zurück. Wenn sie einen Schlag zu bekommen gefürchtet hätte, so hätte sie sich kaum plötzlicher oder mit dem Ausdruck größeren Schreckens zurückziehen können.

Dennoch lag in Kapitän Treverton's Gesicht durchaus nichts, was die Befürchtung einer übeln Begegnung oder auch nur unfreundlicher Worte hätte rechtfertigen können. Sein Gesicht war gütig, herzlich und offen und es rieselten noch an demselben die Thränen herab, die er an dem Bett seines Weibes vergossen.

„Geht hinein“, sagte er, das Gesicht abwendend. „Sie will nicht, daß die Wärterin komme; sie wünscht blos Euch. Ruft mich, wenn der Doctor —“

Die Stimme versagte ihm und er eilte fort, ohne den Redesatz zu vollenden.

Sara Leeson blieb, anstatt in das Zimmer ihrer Herrin zu treten, stehen und sah ihrem Herrn aufmerksam nach so lange er sichtbar war. Ihre bleichen Wangen nahmen geradezu die Blässe des Todes an und aus ihren Augen sprach zweifelnde, forschende Unruhe und Angst.

Als er um die Ecke des Corridors verschwunden war, horchte sie einen Augenblick an der Thür des Krankenzimmers und flüsterte furchtsam bei sich selbst:

„Ob sie es ihm wohl gesagt hat?“

Dann öffnete sie die Thür mit sichtbarer Anstrengung, ihre Selbstbeherrschung wiederzugewinnen, und nachdem sie argwöhnisch noch einen Augenblick an der Schwelle gezögert, ging sie hinein.

Mistreß Treverton's Schlafzimmer war ein großes, hohes Gemach in dem westlichen Theile des Hauses, sodaß es die Aussicht auf das Meer hatte. Das neben dem Bett brennende Nachtlicht machte die Finsterniß in den Ecken des Zimmers eher sichtbar, als daß es dieselbe zerstreut hätte.

Das Bett hatte eine altväterische Form und war mit schweren, dicken, rings herum zugezogenen Vorhängen versehen.

Von den andern Gegenständen im Zimmer ragten blos die von der größten und massivsten Art genugsam hervor, um in dem düstern Lichte leidlich sichtbar zu sein. Die Schränke, der lange Spiegel, der Armstuhl mit der hohen Lehne und die große, unförmliche Masse des Bettes selbst stellten sich dem Blicke schwerfällig und unheimlich dar. Die übrigen Gegenstände flossen in der allgemeinen Dunkelheit alle durcheinander. Durch das geöffnete Fenster, welches die frische Luft des neuangebrochenen Morgens nach der Schwüle der Augustnacht hereinlassen sollte, klang das gleichförmige, dumpfe, ferne Brausen der Brandung an der sandigen Küste in das Zimmer. Jedes andere Geräusch war in dieser ersten unheimlichen Stunde des nahen Tages verstummt.

Innerhalb des Zimmers bestand das einzige hörbare Geräusch in dem langsamen, mühevollen Athmen der

Sterbenden, welches sich matt, aber dennoch deutlich und grauenerregend, selbst durch den fernen Donner, der aus dem Schooße des ewigen Meeres grollte, hindurch hören ließ.

„Mistreß“, sagte Sara Leeson als sie dicht an den Vorhängen des Bettes stand, aber ohne dieselben zurückzuziehen, „der Herr hat das Zimmer verlassen und mich an seiner Statt hergeschickt.“

„Licht! — Gebt mir mehr Licht!“

Die Mattigkeit tödtlicher Krankheit lag in der Stimme, aber der Ton der Sprechenden klang dennoch entschlossen — doppelt entschlossen durch den Gegensatz zu dem zögernden Ausdruck, in welchem Sara gesprochen. Das starke Gemüth der Herrin und die Schwäche der Dienerin beurkundeten sich schon bei diesem kurzen Austausch von durch die Vorhänge eines Sterbebettes hindurchgesprochenen Worten.

Sara zündete mit zitternder Hand zwei Kerzen an, stellte sie zögernd auf einen Tisch am Bett, wartete einen Augenblick, während sie sich mit einer gewissen argwöhnischen Schüchternheit ringsum schaute, und zog dann die Vorhänge auf die Seite.

Die Krankheit, durch welche Mistreß Treverton dem Tode entgegengeführt ward, war eines der furchtbarsten aller Uebel, welche den Menschen heimsuchen — ein Uebel, welchem besonders Frauen unterworfen sind und welches das Leben unterminirt — in den meisten Fällen ohne bemerkenswerthe Spuren seines nagenden Fortschritts in dem Gesicht zu zeigen. Kein Uneingeweihter, welcher Mistreß Treverton, als ihre Dienerin den Bettvorhang auf die

Seite zog, gesehen hätte, würde geglaubt haben, daß bei ihr alle Hülfe, die durch menschliche Geschicklichkeit gebracht werden könne, vergeblich sei.

Die geringfügigen Spuren von Krankheit in ihrem Gesicht, die unvermeidlichen Veränderungen in Bezug auf die Anmuth und Rundung der Umrisse wurden durch die wunderbare Erhaltung ihrer Gesichtsfarbe, welche noch den ganzen zarten Glanz der ersten jungfräulichen Schönheit besaß, fast unbemerkbar gemacht. Ihr Gesicht war, während es so auf dem Pfühle dalag — zart umrahmt von den kostbaren Spitzen ihrer Haube und gekrönt von dem glänzenden braunen Haar — allem äußern Anscheine nach das Gesicht einer schönen Frau, die von einer leichten Krankheit genas oder nach einer ungewohnten Anstrengung ausruhte.

Selbst Sara Leeson, die sie doch während ihrer ganzen Krankheit beobachtet hatte, konnte, während sie jetzt ihre Herrin ansah, kaum glauben, daß die Pforten des Lebens sich hinter ihr geschlossen und daß die Hand des Todes ihr schon von den Pforten des Grabes her zuwinkte.

Einige Bücher mit eingezeichneten Stellen, in Papierumschlägen, lagen auf der Bettdecke. Sobald der Vorhang auf die Seite gezogen war, forderte Mistreß Treverton ihre Dienerin durch eine Geberde auf, die Bücher wegzunehmen. Es waren Theaterstücke, an gewissen Stellen mit Tinte unterstrichen und an den Rändern mit Anmerkungen versehen, welche Auftreten, Abtreten und Stellungen auf der Bühne andeuteten.

Die Diener, welche unten von der Beschäftigung ihrer Herrin vor ihrer Vermählung gesprochen, waren nicht durch falsche Gerüchte irregeleitet worden. Ihr Herr hatte, nachdem er selbst über die Blüte des Lebens hinaus war, wirklich seine Frau von der obscuren Bühne eines Provinzialtheaters hinweggenommen, während seit ihrem ersten öffentlichen Auftreten kaum zwei Jahre verflossen waren.

Die alten Theaterstücke mit den eingezeichneten Stellen waren einmal ihre werthgehaltene dramatische Bibliothek gewesen; sie hatte um alter Einnerung willen stets eine große Liebe zu ihnen bewahrt und sie während der letzten Zeit ihrer Krankheit Tage lang hintereinander auf ihrem Bett liegen gehabt.

Nachdem Sara die Bücher weggenommen, kehrte sie zu ihrer Herrin zurück und öffnete, mehr mit dem Ausdruck der Furcht und Verlegenheit als des Kummers, ihre Lippen, um zu sprechen.

Mistreß Treverton hielt aber die Hand empor und deutete dadurch an, daß sie noch einen anderweiten Befehl zu ertheilen hatte.

„Verriegele die Thür", sagte sie mit derselben matten Stimme, aber in demselben entschlossenen Tone, der ihr erstes Begehren, mehr Licht im Zimmer zu haben, so auffällig gemacht hatte. „Verriegele die Thür. Laß niemanden herein bis ich es erlaube."

„Niemand?" wiederholte Sara schüchtern, „auch nicht den Doctor? Auch nicht den Herrn?"

„Auch nicht den Doctor — auch nicht den Herrn!" sagte Mistreß Treverton und zeigte auf die Thür. Die Hand war schwach, aber selbst in dieser augenblicklichen

Bewegung derselben war die befehlende Geberde nicht zu verkennen.

Sara verriegelte die Thür, kehrte unentschlossen an das Bett zurück, heftete ihre großen, forschenden, unruhigen Augen fragend auf das Gesicht ihrer Herrin, neigte sich plötzlich über sie und sagte flüsternd:

„Haben Sie es dem Herrn gesagt?“

„Nein“, war die Antwort. „Ich ließ ihn rufen, um es ihm zu sagen — ich bemühte mich, die Worte auszusprechen — schon der Gedanke aber, wie ich es ihm am besten beibringen könnte, erschütterte mich bis in die innerste Seele, Sara — ach, ich habe ihn so lieb! Trotzdem aber würde ich es ihm gesagt haben, wenn er nicht von dem Kinde gesprochen hätte. Sara, er sprach von weiter nichts als dem Kind und das verschloß mir den Mund.“

Sara warf sich, ihre dienstliche Stellung auf eine Weise vergessend, die selbst der nachsichtigsten Herrin außerordentlich erschienen sein würde, bei dem ersten Wort, welches Mistreß Treverton entgegnete, auf einen Stuhl, bedeckte sich das Gesicht mit den zitternden Händen und stöhnte bei sich selbst:

„O, was wird geschehen! Was wird nun geschehen!“

Mistreß Treverton's Augen waren feucht geworden und hatten einen mildern Ausdruck angenommen, als sie von ihrer Liebe zu ihrem Gatten sprach. Schweigend lag sie einige Minuten da. Das Arbeiten einer starken Gemüthsbewegung verrieth sich durch das rasche, angestrengte, mühsame Athmen und durch das schmerzliche Zusammenziehen der Augenbrauen.

Es dauerte jedoch nicht lange, so wendete sie ihr Gesicht unruhig nach dem Stuhl, auf welchem ihre Dienerin saß, und sprach wieder, diesmal aber in einem Tone, der nur ein Flüstern zu nennen war.

„Gib mir meine Medicin", sagte sie. „Ich brauche sie."

Sara fuhr empor und wischte mit dem raschen Instinct des Gehorsams die Thränen hinweg, welche ihr immer schneller über die Wangen herabrannen.

„Der Doctor", sagte sie. „Lassen Sie mich den Doctor rufen."

„Nein — die Medicin — gib mir die Medicin!"

„Welche Flasche? Das Opiat, oder —"

„Nein. Nicht das Opiat, die andere Flasche."

Sara nahm eine Flasche von dem Tisch, sah aufmerksam, was auf dem angehängten Zettel geschrieben stand, und sagte, es sei noch nicht Zeit, diese Medicin wieder einzunehmen.

„Gib mir die Flasche."

„O, bitte, verlangen Sie dies nicht von mir! Warten Sie doch! Der Doctor sagte, es sei so verderblich, als wenn Sie Spiritus tränken, im Fall Sie zu viel davon nähmen."

Mistreß Treverton's helle graue Augen begannen zu funkeln, die rosige Röthe ihrer Wangen ward dunkler; die befehlende Hand ward wieder mit Anstrengung von der Bettdecke emporgehoben, auf welcher sie lag.

„Ziehe den Pfropfen aus der Flasche", sagte sie, „und gib sie mir. Ich brauche Kräfte. Gleichviel ob ich in einer Stunde oder in einer Woche sterbe. Gib mir die Flasche."

„Nicht die Flasche“, sagte Sara, während sie dieselbe doch, von dem Blicke ihrer Herrin bezwungen, hingab. „Es ist blos noch zu zwei Mal einzunehmen darin. Ich bitte, warten Sie — ich will ein Glas holen!“

Sie wendete sich nach dem Tische. In demselben Augenblick aber hob Mistreß Treverton die Flasche an die Lippen, trank den Inhalt derselben aus und warf sie dann von sich auf das Bett.

„Sie hat sich den Tod gegeben!“ rief Sara, indem sie erschrocken nach der Thür lief.

„Bleib!“ rief die Stimme aus dem Bett schon entschlossener als je. „Bleib! Komm her und lege meine Kissen höher.“

Sara legte die Hand an den Riegel.

„Komm her“, wiederholte Mistreß Treverton. „So lange als noch ein Funken Leben in mir ist, verlange ich Gehorsam. Komm her!“

Die Farbe begann auf ihrem ganzen Gesicht unverkennbar dunkler und das Licht in ihren weitgeöffneten Augen heller zu werden.

Sara kam an das Bett zurück und fügte mit zitternden Händen den Kissen, welche den Kopf und die Schultern der Sterbenden stützten, noch eins hinzu. Während dies geschah, kam die Bettdecke ein wenig in Unordnung. Mistreß Treverton zog dieselbe schaudernd wieder herauf bis dicht um den Hals herum.

„Hast Du die Thür aufgeriegelt?“ fragte sie.

„Nein.“

„Ich verbiete Dir, Dich derselben wieder zu nähern.

Hole mir aus dem Schranke neben dem Fenster meine Schreibmappe, Feder und Tinte."

Sara ging an den Schrank und öffnete ihn, hielt aber plötzlich inne, als ob ein plötzlicher Argwohn sie durchzuckte, und fragte, wozu die Schreibmaterialien gebraucht werden sollten.

„Bring sie nur, dann wirst Du es sehen."

Die Schreibmappe ward mit einem Bogen Briefpapier darauf auf Mistreß Treverton's Knie gelegt, die Feder in die Tinte getaucht und ihr in die Hand gegeben.

Die Kranke schloß die Augen eine Minute lang und seufzte tief. Dann begann sie zu schreiben und sagte zu ihrer Zofe, als die Feder das Papier berührte:

„Schau her!"

Sara lugte ihr unruhig über die Schulter und sah die Feder langsam und matt die drei Worte formen:

„An meinen Gatten."

„O nein, nein! Um Gotteswillen, schreiben Sie es nicht!" rief Sara, indem sie ihre Herrin bei der Hand faßte. In dem Augenblick aber, wo Mistreß Treverton sie ansah, ließ sie die Hand wieder los.

Die Feder schrieb weiter und bildete langsam und immer matter soviel Worte, daß dadurch eine Zeile gefüllt ward — dann machte sie Halt. Die Buchstaben der letzten Silbe waren ganz durcheinander gelaufen.

„Thun Sie es nicht!" rief Sara wieder, indem sie vor dem Bett auf die Knie niederfiel. „Schreiben Sie es ihm nicht, wenn Sie es ihm nicht sagen können. Lassen Sie mich das, was ich so lange getragen, auch noch ferner tragen. Lassen Sie das Geheimniß mit Ihnen und mit mir sterben und in dieser Welt niemals offenbar werden — niemals! niemals! niemals!“

„Das Geheimniß muß offenbar werden“, antwortete Mistreß Treverton. „Mein Gatte muß es wissen und soll es wissen. Ich versuchte, es ihm zu sagen, aber der Muth entsank mir. Daß Du es ihm sagen werdest, nachdem ich nicht mehr bin, darauf kann ich mich nicht verlassen. Es muß niedergeschrieben werden. Nimm Du die Feder; meine Augen sehen kaum noch, meine Finger fühlen nicht mehr. Nimm die Feder und schreibe, was ich Dir sage.“

Sara verbarg, anstatt zu gehorchen, ihr Gesicht in der Bettdecke und weinte bitterlich.

„Du bist seit meiner Vermählung bei mir“, fuhr Mistreß Treverton fort. „Du bist mehr meine Freundin als meine Dienerin gewesen. Willst Du mir meine letzte Bitte abschlagen? Du willst! Thörin, blicke auf und höre mich an. Es geschieht auf Deine eigene Gefahr, wenn Du Dich weigerst, die Feder zu ergreifen. Schreib' oder ich habe keine Ruhe im Grabe. Schreib' oder, so wahr der Himmel über uns ist, ich suche aus der andern Welt Dich heim!“

Mit einem unterdrückten Schrei richtete Sara sich empor.

„Ihre Worte erfüllen mich mit Schaudern“, flüsterte sie, indem sie ihre Augen mit abergläubisch entsetztem Blick auf das Gesicht ihrer Herrin heftete.

In demselben Augenblicke begann die in allzureichlicher Dosis genommene aufregende Medicin ihre Wirkung auf Mistreß Treverton's Gehirn zu äußern. Sie warf ihren

Kopf unruhig von einer Seite des Pfühls auf die andere, sprach gedankenlos einige Zeilen aus einem der alten Theaterstücke, die sie von ihrem Bett hatte hinwegnehmen lassen, und hielt der Dienerin plötzlich die Feder hin, indem sie theatralisch die Hand bewegte und einen Blick nach einer eingebildeten Galerie von Zuschauern emporwarf.

„Schreib'!“ rief sie mit dem hohlen, schauerlichen Pathos ihrer frühern Bühnenstimme, „schreib'!“

Und die schwache Hand bewegte sich wieder mit einer matten, unsichern Nachahmung der alten Theatergeberde.

Mechanisch die Finger um die Feder schließend, welche hineingesteckt ward, wartete Sara, deren Augen immer noch die abergläubische Furcht verriethen, welche die Worte ihrer Herrin erweckt hatten, auf den nächsten Befehl.

Es vergingen einige Minuten ehe Mistreß Treverton wieder sprach. Sie war noch hinreichend bei Besinnung, um sich, wenn auch unklar, der Wirkung bewußt zu sein, welche die Medicin auf sie äußerte, und die ferneren Fortschritte zu bekämpfen, ehe sie ihre Ideen gänzlich verwirrte.

Sie verlangte daher zuerst ihr Riechfläschchen und dann Eau de Cologne. Dieses letztere, welches sie sich auf ihr Taschentuch gießen und dann auf die Stirn legen ließ, schien ihre Geisteskräfte zum Theil wieder herzustellen. Ihre Augen gewannen wieder den intelligenten, ruhigen Blick und als sie ihre Zofe wieder anredete und zu ihr nochmals sagte: „Schreib'!“ war sie im Stande dem Befehle dadurch Nachdruck zu geben, daß sie sofort in ruhigem, besonnenem und entschlossenem Tone zu dictiren begann.

Sara's Thränen rannen; ihre Lippen murmelten abgebrochene Worte, in welche Bitte und Ausdruck von Reue und Furcht sich auf seltsame Weise mischten, aber sie schrieb gehorsam weiter in schwankenden Zeilen, bis sie beinahe die ersten beiden Seiten des Briefbogens vollgeschrieben hatte.

Dann hielt Mistreß Treverton inne, sah das Geschriebene durch, ergriff die Feder und unterzeichnete es mit ihrem Namen.

Bei dieser Anstrengung schien ihre Macht des Widerstands gegen die aufregende Wirkung der Medicin ihr wieder untreu zu werden. Die tiefe Röthe begann wieder ihre Wangen zu färben und sie sprach hastig und unsicher, als sie die Feder wieder ihrer Dienerin einhändigte.

„Unterschreibe!“ rief sie, indem sie mit der Hand matt auf die Bettdecke schlug. „Unterschreibe: «Sara Leeson als Zeugin.» Doch nein; schreib': «als Mitschuldige.» Nimm Deinen Antheil auf Dich; ich will nicht, daß auch dieser mir zugewälzt werde. Unterschreibe! Ich bestehe darauf; unterschreibe, wie ich Dir sage!“

Sara gehorchte und Mistreß Treverton nahm ihr das Papier aus der Hand und zeigte mit derselben wehmüthigen theatralischen Geberde darauf, die ihr vorhin entschlüpft war. „Dies wirst Du Deinem Herrn geben, wenn ich todt bin“, sagte sie, „und jede Frage, die er Dir vorlegt, so wahrheitgetreu beantworten, als ob Du vor dem Richterstuhl des Höchsten stündest.“

Die Hände faltend, sah Sara ihre Herrin zum ersten

Male mit ruhigen Augen an und sprach zum ersten Male in ruhigem Tone mit ihr.

„Wenn ich wüßte, daß ich zum Sterben geschickt wäre“, sagte sie „o wie gern wollte ich mit Ihnen tauschen.“

„Versprich mir, daß Du das Papier Deinem Herrn geben willst“, wiederholte Mistreß Treverton. „Versprich — doch nein! Deinem Versprechen traue ich nicht — schwören sollst Du es mir. Hole die Bibel — die Bibel, deren sich der Geistliche bediente, als er diesen Morgen hier war. Hole sie oder ich habe keine Ruhe im Grabe. Hole sie oder ich komme aus der andern Welt zu Dir.“

Die Herrin lachte, während sie diese Drohung wiederholte. Die Dienerin schauderte, während sie dem Befehl gehorchte, dem diese Drohung Nachdruck geben sollte.

„Ja, ja — die Bibel, deren sich der Geistliche bediente“, fuhr Mistreß Treverton halb gedankenlos fort, als das Buch zur Stelle gebracht war. „Der Geistliche — ein guter schwacher Mann — ich erschreckte ihn, Sara Er sagte: «Sind Sie mit allen Menschen in Frieden?» und ich antwortete: «Mit allen bis auf einen.» Du weißt, wen.“

„Des Kapitäns Bruder. O, sterben Sie nicht in Feindschaft mit irgend Jemandem. Sterben Sie auch mit ihm in Freundschaft!“ bat Sara.

„Das sagte der Geistliche auch“, entgegnete Mistreß Treverton, indem ihre Augen kindisch im Zimmer herumzuschweifen begannen, während ihr Ton plötzlich leiser und verworrener ward. „«Sie müssen ihm vergeben», sagte der Geistliche. Und ich sagte: «Nein. Ich verzeihe allen Menschen, aber dem Bruder meines Gatten nicht.» Der Geistliche stand ganz erschrocken von seinem Stuhle auf, Sara. Er sagte, er wolle für mich beten und wiederkommen. Wird er wiederkommen?"

„Ja, ja", antwortete Sara, „er ist ein guter Mann — er wird wiederkommen — und o, sagen Sie ihm, daß Sie dem Bruder des Kapitäns verzeihen. Jene schändlichen Worte, die er, als Sie vermählt wurden, von Ihnen sprach, wird er schon einmal entgelten müssen. Vergeben Sie ihm — vergeben Sie ihm, ehe Sie sterben."

Indem Sara diese Worte sagte, versuchte sie zugleich die Bibel behutsam aus den Augen ihrer Herrin zu entfernen. Diese Bewegung entging aber Mistreß Treverton's Aufmerksamkeit nicht und erweckte ihre sinkenden Kräfte zur Beobachtung der sie umgebenden Dinge.

„Halt!" rief sie, während wieder ein Schimmer der alten Entschlossenheit aus ihren schon vom Tode umflorten Augen leuchtete. Sie packte Sara krampfhaft bei der Hand, legte dieselbe auf die Bibel und hielt sie darauf fest. Ihre andere Hand tastete eine Weile auf der Bettdecke umher, bis sie endlich dem an ihren Gatten gerichteten beschriebenen Papier begegnete. Ihre Finger erfaßten es und ein Seufzer der Erleichterung entrang sich ihren Lippen.

„Ha", rief sie, „jetzt weiß ich, wozu ich die Bibel haben wollte. Ich sterbe bei vollem Verstande, Sara; Du kannst mich auch jetzt noch nicht täuschen."

Sie hielt wieder inne, lächelte ein wenig und flüsterte dann hastig bei sich selbst: „Warte, warte, warte!"

Dann setzte sie laut mit der alten theatralischen Stimme und Geberde wieder hinzu:

„Nein, auf Dein Versprechen hin traue ich Dir nicht. Ich will Deinen Schwur haben. Knie nieder. Dies sind meine letzten Worte in dieser Welt — sei ihnen ungehorsam, wenn Du es wagst!"

Sara sank an dem Bett auf die Knie nieder. Der leichte Wind draußen, der gerade jetzt bei dem langsamen Empordämmern des Morgens stärker ward, theilte die Fenstervorhänge ein wenig und blies einen Hauch seines würzigen Duftes freudig in das Krankenzimmer. Das schwere Dröhnen der fernen Brandung ließ sich ebenfalls vernehmen und seine nimmer ruhende Musik in lautern Tönen erklingen. Dann fielen die Fenstervorhänge schwerfällig wieder zu, die flackernde Flamme des Lichts ward wieder ruhig und stät und das unheimliche Schweigen im Zimmer tiefer als je.

„Schwöre! schwöre!" sagte Mistreß Treverton.

„Die Stimme versagte ihr, als sie dieses Wort ausgesprochen hatte. Sie mühte sich ein wenig, erlangte die Sprache wieder und fuhr fort:

„Schwöre, daß Du dieses Papier nicht vernichten willst, wenn ich todt bin."

Selbst während sie diese feierlichen Worte sprach, selbst bei diesem letzten Kampfe um Leben und Kraft bewies der unausrottbare theatralische Instinct mit furchtbarer Hartnäckigkeit, wie fest derselbe in ihrem Gemüth wurzelte. Sara fühlte die kalte Hand, die noch auf der ihrigen lag, einen Augenblick sich heben — sie sah wie dieselbe ihr graziös winkte — fühlte, wie sie sich wieder herabsenkte und die ihrige mit zitterndem, ungeduldigem Druck umschloß. Bei dieser letzten Aufforderung antwortete sie mit schwacher Stimme:

„Ich schwöre es!“

„Schwöre auch, daß Du dieses Papier nicht mit fortnehmen willst, wenn Du, nachdem ich todt bin, dieses Haus verlässest.“

Wieder zögerte Sara, ehe sie antwortete — wieder machte sich der zitternde Druck auf ihrer Hand fühlbar, obschon diesmal schwächer — und wieder stammelten ihre Lippen die Worte:

„Ich schwöre es!“

„Schwöre“, begann Mistreß Treverton zum dritten Male. Die Sprache versagte ihr aber wieder und sie bemühte sich jetzt vergebens, die Herrschaft über dieselbe wiederzuerlangen.

Sara blickte auf und sah, wie Vorläufer von Convulsionen das schöne Gesicht zu entstellen begannen. Sie sah wie die Finger der weißen, zartgeformten Hand sich krümmten, während sie nach dem Tische hinüberlangten, auf welchem die Medicinflaschen standen.

„Sie haben es ausgetrunken“, rief Sara aufspringend, als sie die Bedeutung dieser Geberde errieth. „Herrin, liebe Herrin, Sie haben es ausgetrunken, es ist blos noch das Opiat da. Lassen Sie mich gehen — ich will —“

Ein Blick von Mistreß Treverton that ihr Einhalt, ehe sie weiter ein Wort sprechen konnte. Die Lippen der Sterbenden bewegten sich rasch.

Sara hielt ihr Ohr dicht an dieselben. Anfangs hörte sie nichts als keuchende, schnell aufeinander folgende

Athemzüge, dann einige gebrochene, verworrene, damit gemischte Worte:

„Ich bin noch nicht fertig — Du mußt schwören — komm näher heran, näher, näher — noch ein Drittes — Dein Herr — schwöre, daß Du ihm das Papier geben —"

Die letzten Worte starben leise hinweg. Die Lippen, welche sie so mühsam geformt, theilten sich plötzlich, schlossen sich aber nicht wieder. Sara sprang nach der Thür und rief in den Corridor hinaus nach Hülfe — dann eilte sie an das Bett zurück, ergriff den Bogen Briefpapier, auf welchen sie nach dem Dictat ihrer Herrin geschrieben, und verbarg ihn in ihrem Busen.

Der letzte Blick aus Mistreß Treverton's Augen heftete sich streng und vorwurfsvoll auf sie, indem sie dies that, und bewahrte während der augenblicklichen Verzerrung der übrigen Züge diesen Ausdruck einen einzigen athemlosen Augenblick lang unverändert.

Dieser Augenblick ging vorüber und mit dem nächsten stahl der Schatten, welcher dem Eintritt des Todes vorangeht, sich herauf und drängte in einer einzigen ruhigen Secunde das Licht des Lebens von dem ganzen Gesicht hinweg.

Der Arzt trat in Begleitung der Wärterin und eines der Diener in das Zimmer, eilte an das Bett, sah aber auf den ersten Blick, daß die Zeit seiner Dienste hier für immer vorüber war. Er wendete sich zuerst zu dem Diener, der ihm gefolgt war.

„Geht zu Eurem Herrn", sagte, „und bittet ihn, in

seinem Zimmer zu warten, bis ich zu ihm kommen und mit ihm sprechen kann.“

Sara stand noch, ohne sich zu bewegen oder zu sprechen, oder auf jemand zu achten — am Bett.

Die Wärterin, welche sich näherte, um die Vorhänge zusammenzuziehen, stutzte beim Anblick ihres Gesichts und wendete sich dann zu dem Arzt.

„Ich glaube, es wird gut sein, wenn diese Person das Zimmer verläßt; meinen Sie nicht auch, Herr Doctor?“ sagte die Wärterin mit einem gewissen Ausdruck von Verächtlichkeit in ihrem Ton und Blick. „Sie scheint durch das, was geschehen ist, über alle Maßen angegriffen und erschreckt zu sein.“

„Ja wohl“, sagte der Doctor, „es ist am besten, wenn sie sich entfernt. Ich gebe Euch den Rath, uns auf einige Zeit zu verlassen“, setzte er hinzu, indem er Sara am Arme berührte.

Sie fuhr argwöhnisch zusammen, hob eine ihrer Hände zu der Stelle empor, wo die Schrift verborgen an ihrem Busen lag, und drückte sie fest darauf, während sie die andere Hand nach einem Licht ausstreckte.

„Ihr werdet wohlthun, wenn Ihr eine Weile in Eurem Zimmer ausruht“, sagte der Arzt, indem er ihr ein Licht gab. „Doch, wartet“, setzte er, nachdem er einen Augenblick nachgedacht, hinzu: „Ich stehe im Begriff, die traurige Neuigkeit Eurem Herrn mitzutheilen. Vielleicht wünscht er die letzten Worte zu hören, welche Mistreß Treverton in Eurer Gegenwart gesprochen hat. Deshalb ist es vielleicht am besten, wenn Ihr mitkommt und wartet, während ich zu dem Kapitän hineingehe.“

„Nein! nein! — jetzt nicht, jetzt nicht, um des Himmels willen!“

Indem Sara diese Worte in leisem, raschem, bittendem Tone sprach und sich dabei wie erschrocken nach der Thür zurückzog, verschwand sie, ohne einen Augenblick zu warten, was man weiter zu ihr sagen würde.

„Eine sonderbare Person“, sagte der Arzt zu der Wärterin gewendet. „Geht ihr nach und seht wohin sie geht, im Fall sie gebraucht wird und wir nach ihr schicken müssen. Ich will hier warten bis Ihr zurückkommt.“

Als die Wärterin zurückkam, hatte sie weiter nichts zu berichten, als daß sie Sara Leeson bis an ihr Schlafzimmer gefolgt sei — sie in dasselbe habe hineingehen sehen — daß sie an der Thür gehorcht und gehört habe, wie dieselbe von innen verschlossen worden.

„Eine sonderbare Person“, wiederholte der Arzt. „Eine von der schweigsamen, geheimnißvollen Sorte.“

„Eine von der nicht guten Sorte“, bemerkte die Wärterin. „Sie spricht immer mit sich selbst und das ist nach meiner Ansicht ein schlimmes Zeichen. Ihr ganzes Aussehen gefällt mir nicht und ich habe ihr gleich von dem ersten Tage an, wo ich dies Haus betreten, nicht getrauet.“

Zweites Kapitel.

Das Verbergen des Geheimnisses.

In dem Augenblick, nachdem Sara Leeson den Schlüssel in der Thür ihres Schlafzimmers herumgedreht hatte, nahm sie den Bogen Briefpapier aus dem Versteck ihres Busens. Sie schauderte, indem sie ihn herauszog, als ob schon seine Berührung sie verwundete, legte ihn offen auf ihren kleinen Ankleidetisch und heftete ihre Augen neugierig auf die Zeilen, welche der Brief enthielt.

Anfangs schwammen und verschmolzen sich dieselben vor ihren Augen durcheinander. Sie drückte ihre Hände einige Minuten lang auf die Augen und betrachtete dann die Schrift wieder. Die Buchstaben waren jetzt klar — deutlich und klar und, wie ihr vorkam, unnatürlich groß.

Da stand die Ueberschrift: „An meinen Gatten“ — dann folgten die von ihrer Feder geschriebenen Zeilen mit den Unterschriften am Ende, erst Mistreß Treverton's und dann ihre eigene.

Das Ganze belief sich auf nur sehr wenige Sätze auf einen einzigen vergänglichen Bogen Papier geschrieben, den die Flamme eines Lichts in einem Augenblick verzehrt haben würde.

Und dennoch saß Sara da und las und las immer und immer wieder und rührte das Papier nicht an, ausgenommen wenn es unbedingt nothwendig war, um die erste Seite umzuwenden. Sie regte sich nicht, sie sprach nicht, sie hob ihre Augen nicht von dem Papier empor. Wie ein verurtheilter Gefangener sein Todesurtheil lesen würde, so las jetzt Sara Leeson die wenigen Zeilen, welche sie und ihre Herrin vor kaum einer halben Stunde geschrieben hatten.

Das Geheimniß der lähmenden Wirkung dieser Schrift auf ihr Gemüth lag nicht blos in dieser selbst, sondern auch in den Umständen, von welchen ihr Zustandekommen begleitet gewesen war.

Der Schwur, welcher von Mistreß Treverton unter keinem ernstern Einfluß als der letzten Laune der zerrütteten, durch verworrene Erinnerungen an Bühnenworte und Bühnensituationen aufgestachelten Geisteskräfte verlangt worden, ward von Sara Leeson als das heiligste und unverletzlichste Gelübde betrachtet, durch welches sie sich jemals hätte binden können.

Die Drohung, Gehorsam gegen ihre letzten Befehle noch vom Jenseits aus zu erzwingen, welche Drohung die sterbende Herrin ausgesprochen, um damit zugleich ein spöttisches Experiment mit der abergläubischen Furcht der leichtgläubigen Zofe anzustellen, schwebte jetzt unheimlich über dem schwachen Gemüthe Sara's, wie ein Urtheilsspruch, der sie sichtbar und unerbittlich in jedem Augenblick ihres künftigen Lebens ereilen könnte.

Als sie sich endlich aufrüttelte, das Papier von sich schob und sich von ihrem Stuhle erhob, blieb sie einen Augenblick ganz still stehen, ehe sie wagte, hinter sich zu schauen. Als sie dies endlich that, geschah es mit Anstrengung und indem sie einen forschenden, mißtrauischen Blick in das leere Dunkel der entfernteren Winkel des Zimmers warf.

Ihre alte Gewohnheit, mit sich selbst zu sprechen, begann wieder ihren Einfluß zu behaupten, während sie jetzt rasch hin und her ging und das Zimmer zuweilen der Länge, zuweilen der Breite nach durchmaß. Sie wiederholte unaufhörlich gebrochene Redensarten, wie zum Beispiel: „Wie kann ich ihm den Brief geben? — Einem so guten Herrn, der so freundlich ist gegen uns alle! — Warum starb sie und überließ alles mir? — Ich kann es nicht allein tragen, — es ist zu viel für mich!“

Während sie diese Redesätze wiederholte, beschäftigte sie sich träumerisch damit, daß sie die Sachen im Zimmer aufräumte und in Ordnung brachte, obschon dieselben sich bereits in vollkommener Ordnung befanden. Alle ihre Blicke, alle ihre Bewegungen verriethen den vergeblichen Kampf eines schwachen Gemüthes, sich unter der Wucht einer schweren Verantwortlichkeit aufrecht zu erhalten. Sie ordnete und ordnete immer wieder die Porzellansächelchen auf ihrem Kaminsims — setzte ihr Nadelkissen erst auf den Spiegel, dann auf den Tisch vor demselben — veränderte die Stellung des kleinen Porzellanbeckens auf ihrem Waschtische, indem sie es bald rechts bald links schob.

Während aller dieser geringfügigen Verrichtungen

waren selbst die nutz- und zwecklosesten derselben stets von einer unverkennbaren Anmuth und Zartheit begleitet. Sie warf nichts herunter, sie stellte nichts schief, ihre Tritte machten selbst bei der rascheſten Bewegung kein Geräusch — der Saum ihres Kleides war so sauber und fleckenlos, als ob heller Tag und die Augen aller ihrer Nachbarn auf sie geheftet gewesen wären.

Von Zeit zu Zeit änderte sie den Sinn der Worte, welche sie verworren vor sich hin murmelte. Zuweilen gaben sie kühnere und zuversichtlichere Gedanken, wenn auch zusammenhangslos, zu erkennen.

Einmal schienen dieselben sie sogar wider ihren Willen an den Ankleidetisch und den darauf liegenden offenen Brief zu treiben. Sie las laut die Aufschrift: „An meinen Gatten", ergriff dann hastig den Brief und sagte in festerem Tone:

„Warum soll ich ihm diese Schrift überhaupt geben? Warum will ich nicht lieber das Geheimniß mit ihr und mit mir sterben lassen, wie es am besten wäre? Warum sollte er es wissen? Er soll es nicht wissen."

Indem sie diese letzten Worte sprach, näherte sie den Brief bis auf einen Zoll der Flamme des Lichts. In demselben Augenblick bewegte sich vor ihr der weiße Vorhang am Fenster, sowie die frischer werdende Luft durch die altmodischen, schlecht schließenden Fensterflügel hereindrang. Ihr Auge erblickte den Vorhang, während derselbe sich langsam vorwärts und rückwärts bewegte. Schnell drückte sie den Brief mit beiden Händen an ihre Brust und fuhr an die Wand des Zimmers zurück, während ihre Augen immer noch an dem Vorhang hafteten — mit dem Blick desselben Entsetzens, welches sie zu erkennen gegeben da Mistreß Treverton gedroht hatte, von der andern Welt aus den Gehorsam ihrer Dienerin zu erzwingen.

„Es bewegt sich etwas“, keuchte sie bei sich selbst mit athemlosem Geflüster; „es bewegt sich etwas in dem Zimmer neben mir!“

Der Vorhang wehete zum zweiten Male langsam hin und her. Ihn immer noch unverwandt über die Schulter hinweg anschauend, schlich sie sich die Wand entlang nach der Thür.

„Kommst du schon?“ sagte sie, die Augen immer noch auf den Vorhang heftend, während ihre Hand an dem Schlosse nach dem Schlüssel tastete. „Ehe noch das Grab gegraben ist? Ehe noch der Sarg fertig ist? Ehe die Leiche kalt ist?“

Sie öffnete die Thür und schlüpfte auf den Corridor hinaus. Hier blieb sie einen Augenblick stehen und schaute zurück in das Zimmer.

„Ruhe!“ sagte sie. „Ruhe! — er soll den Brief bekommen.“

Die Treppenlampe leitete sie aus dem Corridor hinaus. Eilig, als ob sie fürchtete, sich Zeit zum Nachdenken zu lassen, ging sie die Treppe hinunter und erreichte binnen wenigen Minuten Kapitän Treverton's Arbeitszimmer, welches sich im Erdgeschoß befand. Die Thür stand weit geöffnet und das Zimmer war leer.

Nachdem sie eine Weile nachgedacht, zündete sie eins der auf dem Tisch in der Hausflur stehenden Zimmerlichter an der Lampe im Arbeitszimmer an und ging wieder die Treppe hinauf nach dem Schlafzimmer ihres Herrn.

Nachdem sie wiederholt an die Thür gepocht, aber keine Antwort erhalten, wagte sie hineinzugehen. Das Bett stand noch unberührt, die Lichter waren nicht angezündet worden — allem Anscheine nach war während der ganzen Nacht niemand in dem Zimmer gewesen.

Nun gab es blos noch einen Ort, an welchem sie ihn suchen konnte — das Zimmer, in welchem seine verstorbene Gattin lag. Hatte sie wohl Muth genug, um ihm den Brief dort zu geben?

Sie zögerte ein wenig, dann flüsterte sie: „Ich muß! ich muß!“

Die Richtung, welche sie nun zu nehmen gezwungen war, führte sie wieder einen Theil der Treppe hinunter. Diesmal ging sie sehr langsam, hielt sich vorsichtig an das Geländer an und blieb fast auf jeder Stufe stehen, um Athem zu schöpfen.

Die Thür von Mistreß Treverton's Schlafzimmer ward, als sie an dieselbe zu pochen wagte, von der Wärterin geöffnet, welche in rauhem und argwöhnischem Tone fragte, was sie hier wolle.

„Ich wünsche meinen Herrn zu sprechen.“

„Dann müßt Ihr ihn anderswo suchen. Er war vor einer halben Stunde hier. Jetzt ist er fort.“

„Wißt Ihr, wohin er gegangen ist?“

„Nein. Ich bekümmere mich nicht um das Kommen und Gehen anderer Leute. Ich besorge, was meine Sache ist.“

Mit dieser höflichen Antwort schloß die Wärterin die Thür wieder.

Gerade als Sara sich von derselben hinweg wendete, schaute sie nach dem innern Ende des Corridors. Dort befand sich die Thür der Kinderstube. Diese Thür stand ein wenig geöffnet und ein düsterer Schimmer Kerzenlicht fiel durch die Spalte.

Sara ging sofort hinein und sah, daß der Lichtschimmer aus einem innern Zimmer kam, welches, wie sie recht wohl wußte, gewöhnlich von dem Kindermädchen und dem einzigen Kinde des Hauses Treverton bewohnt ward.

Dieses Kind war ein kleines Mädchen Namens Rosamunde, zu dieser Zeit beinahe fünf Jahre alt.

Ist er vielleicht dort? — von allen Zimmern des Hauses gerade in diesem?

Schnell, wie dieser Gedanke in ihr erwachte, steckte Sara den Brief, welchen sie bis jetzt in der Hand getragen, in den Busen ihres Kleides und verbarg ihn zum zweiten Male gerade so, wie sie ihn verborgen, als sie das Bett ihrer Herrin verließ.

Dann stahl sie sich auf den Zehen durch die Kinderstube hindurch nach dem innern Zimmer.

Der Eingang desselben war, einer Laune des Kindes zu Gefallen, bogenförmig gemacht und mit bunt angestrichenem Spalierwerk versehen, sodaß er dem Eingang eines Gartenhauses glich. Zwei hübsche Zitzvorhänge, die innerhalb des Spalierwerks angebracht waren, bildeten die einzige Schranke zwischen dem Tagzimmer und dem Schlafzimmer.

Einer dieser Vorhänge war in die Höhe gesteckt und auf die auf diese Weise gebildete Oeffnung ging Sara jetzt zu, nachdem sie vorsichtig ihr Licht draußen auf dem Corridor gelassen.

Der erste Gegenstand, der ihre Aufmerksamkeit in dem Schlafzimmer des Kindes auf sich zog, war die Gestalt des Kindermädchens, welches fest schlafend in einem Armstuhl am Fenster zurückgelehnt saß. Als sie nach dieser Entdeckung kühner in das Zimmer hineinzuschauen wagte, sah sie ihren Herrn, mit dem Rücken nach ihr gewendet, an dem Bettchen des Kindes sitzen.

Die kleine Rosamunde war wach und stand im Bett, während sie den Hals ihres Vaters mit ihren Armen umschlungen hielt. Eine ihrer Hände hielt die Puppe, die sie mit zu Bett genommen, über seine Schulter hinweg, die andere hielt sich sanft an seinem Haar fest. Die Kleine hatte bitterlich geweint und sich nun erschöpft, sodaß sie blos von Zeit zu Zeit noch ein wenig stöhnte, während ihr Kopf müde an der Brust des Vaters ruhete.

Die Thränen standen Sara in den Augen, während sie ihren Herrn und die kleinen Hände betrachtete, die seinen Hals umschlungen hielten. Sie verweilte an dem aufgehobenen Vorhang, ohne auf die Gefahr zu achten, in der sie stand, jeden Augenblick entdeckt und zur Rede gestellt zu werden; sie weinte, bis sie Kapitän Treverton beschwichtigend zu der Kleinen sagen hörte:

„Still, meine gute Rosie! Still, mein liebes Kind; weine nicht mehr um die arme Mama. Denke an den armen Papa und suche ihn zu trösten.“

So einfach diese Worte waren, so ruhig und zärtlich

sie auch gesprochen wurden, schienen sie doch Sara Leeson sofort aller Selbstbeherrschung zu berauben. Ohne darauf zu achten, ob sie gehört würde oder nicht, drehte sie sich um und eilte in den Corridor, als ob es gälte ihr Leben zu retten. An dem Licht vorbei, welches sie hier hatte stehen lassen, eilte sie, ohne auch nur einen Blick darauf zu werfen, nach der Treppe und mit athemloser Schnelligkeit dieselbe hinab nach der Küche.

Hier kam ihr einer der beiden Diener, welche gewacht hatten, entgegen und fragte sie mit der Miene des Erstaunens und Erschreckens, was es gäbe.

„Ich bin krank — ich bin wie ohnmächtig — ich muß an die Luft", antwortete sie stotternd und verworren. „Oeffnet mir die Gartenthür und laßt mich hinaus!"

Der Mann gehorchte, aber zweifelhaft, als ob er glaubte, sie könne nicht ohne Gefahr sich selbst überlassen werden.

„Sie wird immer seltsamer in ihren Mucken", sagte er, als er, nachdem Sara an ihm vorüber ins Freie hinausgeeilt war, wieder zu seinem Kameraden zurückkam. „Nun, da ihre Herrin todt ist, wird sie wahrscheinlich einen andern Dienst suchen müssen. Ich für meine Person werde mich nicht zu Tode nach ihr sehnen. Du wohl auch nicht?"

Die kühle milde Luft im Garten bestrich frisch Sara's Gesicht und schien die Heftigkeit ihrer Aufregung zu beschwichtigen. Sie bog in einen Seitenweg ein, welcher nach einer Terrasse führte und die Aussicht auf die Kirche des benachbarten Dorfes bot. Das Tageslicht außerhalb des Hauses war schon ziemlich hell. Der nebelige Schein, welcher dem Sonnenaufgang vorangeht, schwebte friedlich und lieblich hinter einer Strecke schwarzbraunen Moorlandes den ganzen östlichen Himmel entlang. Die alte Kirche mit ihrer Myrthen- und Fuchsienhecke, die den kleinen Kirchhof daneben mit all der Ueppigkeit umgab, welche man blos in Cornwall sieht, ward immer deutlicher und fast ebenso schnell als das Morgenfirmament selbst sichtbar.

Sara stützte sich mit den Armen schwerfällig auf die Lehne eines Gartenstuhls und wendete ihr Gesicht nach der Kirche. Ihre Augen schweiften von dem Gebäude selbst nach dem Kirchhof daneben, verweilten hier und sahen, wie das Licht über dem einsamen Asyl, wo die Todten in Frieden ruhten, immer wärmer und wärmer ward.

„O mein Herz, mein Herz“, sagte sie. „Woraus muß es gemacht sein, daß es nicht bricht!“

Sie blieb eine Weile so auf den Stuhl gestützt stehen, schaute mit wehmüthigem Blick nach dem Kirchhof und dachte über die Worte nach, welche sie Kapitän Treverton zu dem Kinde hatte sagen hören. Sie schienen — wie jetzt auch alles andere in ihren Gedanken zu thun schien — in Zusammenhang mit dem Brief zu stehen, der auf Mistreß Treverton's Sterbebett geschrieben worden. Sie zog ihn wieder aus dem Busen und knitterte ihn zornig in den Fingern zusammen.

„Immer noch in meinen Händen! Immer noch von keinem andern Auge gesehen als dem meinigen!“ sagte sie, indem sie auf das zerknitterte Papier herabblickte. „Ist die Schuld aber mein? Wenn sie jetzt noch lebte, wenn sie gesehen hätte, was ich sah — wenn sie gehört hätte, was ich hörte — könnte sie dann von mir erwartet haben, daß ich ihm den Brief geben würde?"

Ihr Gemüth ward durch den Gedanken, den ihre letzten Worte aussprachen, anscheinend beruhigt. Sie bewegte sich gedankenvoll von dem Gartenstuhl hinweg, ging über die Terrasse, einige hölzerne Stufen hinunter und folgte einem durch die Anlagen gebahnten Pfad, der von der östlichen Seite des Hauses nach der nördlichen führte.

Dieser Theil des Gebäudes war seit länger als einem halben Jahrhundert unbewohnt und vernachlässigt gewesen. Zu Zeiten des Vaters des Kapitäns war die ganze Reihe der nördlichen Zimmer ihrer schönsten Gemälde und ihrer schönsten Möbels beraubt worden, um die westlichen Zimmer decoriren zu helfen, welche jetzt den einzigen bewohnten Theil des Hauses bildeten und die für die Bequemlichkeit der Familie und der Gäste, welche hierherkamen, um vielleicht einige Zeit zu verweilen, auch vollkommen ausreichend waren.

Das schloßähnliche Gebäude hatte ursprünglich die Form eines Vierecks gehabt und war stark befestigt gewesen. Von den vielen Vertheidigungswerken des Platzes war blos noch eins übrig — ein plumper, niedriger Thurm, von welchem, sowie von dem nahgelegenen Dorfe das Haus seinen Namen Porthgenna Tower ableitete, und welcher an dem südlichen Ende der westlichen Front stand.

Die Südseite selbst bestand aus Ställen und Nebengebäuden mit einer verfallenen Mauer vor derselben, welche rückwärts in östlicher Richtung rechtwinkelig an die Nordseite stieß und auf diese Weise das Viereck vervollständigte, welches der ganze Umriß des Gebäudes darstellte.

Die äußerliche Ansicht der Reihe nördlicher Gemächer vor dem verwilderten, vernachlässigten Garten unten verrieth sehr deutlich, daß viele Jahre vergangen waren, seitdem irgend ein menschliches Wesen sie bewohnt. Die Fensterscheiben waren an manchen Stellen zerbrochen und an andern dicht mit Schmuz und Staub bedeckt. Hier waren die Läden ganz, dort waren sie blos halb geöffnet. Der sich selbst überlassene Epheu, die wilde, aus den Spalten des Mauerwerks hervorwuchernde Vegetation, die Draperien von Spinnengeweben, das Gerüll von Holz, Backsteinen, Kalk, zerbrochenem Glas, Lumpen und Fetzen schmuzigen Tuches, welches unter den Fenstern lag, alles erzählte dieselbe Geschichte von Verfall und Vernachlässigung.

In Folge ihrer Lage schattig, hatte diese verfallene Seite des Hauses ein finsteres, kaltes, winterliches Ansehen, selbst an dem sonnigen Augustmorgen, wo Sara Leeson sich in den verlassenen nördlichen Garten hineinverirrte.

Sich immer mehr in das Labyrinth ihrer eigenen Gedanken vertiefend, ging sie langsam an längst ausgerotteten Blumenbeeten vorüber und von Unkraut überwachsene Kieswege entlang. Ihre Augen schweiften mechanisch über diese Umgebung und ihre Füße trugen sie ebenso mechanisch überall hin, wo eine Spur von einem Wege war, mochte er führen wohin er wollte.

Die Erschütterung, welche die von ihrem Herrn in der Kinderstube gesprochenen Worte ihrem Gemüth mitgetheilt, hatte ihre ganze Natur sozusagen in die Enge getrieben und in ihr endlich den moralischen Muth erweckt, sich durch einen endgültigen und verzweifelten Entschluß zu waffnen.

Immer langsamer die Pfade des verlassenen Gartens wandernd, sowie der Gang ihrer Ideen sie immer vollständiger von allen äußern Dingen abzog, blieb sie unwillkürlich an einem freien Raume stehen, der früher einmal ein wohlunterhaltener Rasenplatz gewesen und der jetzt noch die volle Aussicht auf die lange Reihe der unbewohnten nördlichen Zimmer darbot.

Was bindet mich, den Brief überhaupt meinem Herrn zu geben? dachte sie bei sich selbst, indem sie das zerknitterte Papier träumerisch mit der flachen Hand wieder glatt strich. Meine Herrin starb, ohne mich dies beschwören zu lassen. Kann sie es vom Jenseits aus an mir heimsuchen, wenn ich blos die Versprechungen halte, deren Beobachtung ich wirklich beschworen, aber weiter nichts thue? Kann ich es nicht auf das schlimmste, was geschehen kann, ankommen lassen, so lange ich gewissenhaft alles halte, wozu ich mich eidlich verbindlich gemacht?

Hier schwieg sie in ihrem Selbstgespräch. Ihre abergläubischen Befürchtungen äußerten im Freien und beim hellen Tageslicht noch denselben Einfluß wie in ihrem Zimmer zur Stunde der Finsterniß.

Sie schwieg, dann begann sie wieder den Brief glattzustreichen und sich die Worte der feierlichen Verpflichtung, welche Mistreß Treverton sie gezwungen hatte auf sich zu nehmen, ins Gedächtniß zurückzurufen.

Wozu hatte sie sich wirklich verbindlich gemacht?

Blos dazu, den Brief nicht zu vernichten und ihn nicht mitzunehmen, wenn sie das Haus verließe.

Außerdem hatte Mistreß Treverton noch gewünscht, daß der Brief ihrem Gemahl gegeben werde. War dieser letzte Wunsch bindend für die Person, welcher er anvertraut worden? Ja. War er so bindend wie ein Eid? Nein.

Als sie zu diesem Schlusse kam, blickte sie auf. Anfangs ruhten ihre Augen gedankenlos auf der einsamen, verlassenen nördlichen Front des Hauses. Allmälig wurden sie durch ein besonderes Fenster angezogen, welches sich genau in der Mitte in dem ersten Stockwerke über dem Erdgeschoß befand. Es war das größte und düsterste der ganzen Reihe.

Plötzlich leuchteten ihre Augen von einem seltsamen Ausdruck. Sie fuhr zusammen, eine schwache Röthe überhauchte ihre Wangen und sie ging schnell näher hin an die Mauer des Hauses.

Die Glasscheiben des großen Fensters waren gelb von Schmuz und Staub und phantastisch mit Spinneweben drapirt. Darunter lag ein Haufen Unrath auf der trockenen Erde eines Platzes umhergestreut, der vielleicht einmal ein Blumenbeet oder ein Ziergebüsch gewesen war.

Die Form des Beetes war noch an einer länglichen Einfassung von Unkraut und wucherndem Gras zu erkennen.

Sie folgte ihm unentschlossen der ganzen Runde nach, blickte bei jedem Schritt nach dem Fenster empor, blieb dann dicht unter demselben stehen, warf einen Blick auf den Brief in ihrer Hand und sagte kurz abgebrochen zu sich selbst:

„Ich will es wagen.“

So wie diese Worte ihren Lippen entfielen, eilte sie zurück nach dem bewohnten Theil des Hauses, folgte dem Corridor in der Küchenetage, welcher nach dem Zimmer der Haushälterin oder dem Wirthschaftszimmer führte, trat in dasselbe und nahm von einem Nagel in der Wand ein Schlüsselbund, an dessen es zusammenhaltendem Ringe ein Elfenbeintäfelchen befestigt war, auf welchem geschrieben stand: „Schlüssel zu den nördlichen Zimmern.“

Sie legte die Schlüssel auf einen Schreibtisch in ihrer Nähe, ergriff eine Feder und fügte auf der leeren Seite des Briefs, den sie nach dem Dictat ihrer Herrin geschrieben, rasch noch folgende Zeilen hinzu:

„Wenn diese Schrift jemals gefunden werden sollte — was, wie ich von ganzem Herzen bete, niemals der Fall sein möge —, so erkläre ich hiermit, daß ich zu dem Entschlusse, sie zu verbergen, gekommen bin, weil ich nicht wage, den Inhalt dieses Briefes meinem Herrn zu zeigen, an welchen er gerichtet ist. Indem ich thue, was ich mir jetzt vornehme zu thun, handle ich allerdings den letzten Wünschen meiner Herrin entgegen, breche aber doch nicht den feierlichen Schwur, den sie mich vor sich an ihrem Sterbebett ablegen ließ. Dieser Schwur verbietet mir, diesen Brief zu vernichten oder ihn mit fortzunehmen, wenn ich das Haus verlasse. Ich werde auch keins von beiden thun, denn meine Absicht ist, ihn vor allen andern Orten an dem zu verbergen, wo nach meiner Ansicht die wenigste Wahrscheinlichkeit vorhanden ist, daß er jemals gefunden werde. Jedes Drangsal oder Unglück, welches vielleicht eine Folge dieses hinterlistigen Verfahrens von meiner Seite ist, wird über mich selbst kommen. Andere dagegen werden, wie ich fest glaube, in Folge des Verbergens des furchtbaren Geheimnisses, welches dieser Brief enthält, nur um so glücklicher sein."

Diese Zeilen unterzeichnete sie mit ihrem Namen, drückte rasch das Löschblatt darauf, welches mit den übrigen Schreibmaterialien auf dem Tische lag, nahm den Brief, nachdem sie ihn zusammengefaltet, zur Hand, ergriff das Schlüsselbund, indem sie sich rings umschaute, als ob sie im geheimen beobachtet zu werden fürchtete, und verließ das Zimmer.

Alle ihre Bewegungen, seitdem sie dasselbe betreten, waren hastig und schnell gewesen. Augenscheinlich fürchtete sie, sich auch nur einen Augenblick Muße zum Nachdenken zu lassen.

Als sie die Wirthschaftszimmer verließ, wendete sie sich links, ging eine Hintertreppe hinaus und schloß, oben angelangt, eine Thür auf. Eine Staubwolke flog um sie herum, während sie leise die Thür öffnete. Eine modrige Kühle machte sie frösteln, während sie eine große steinerne Halle durchschritt, in welcher einige schwarze Familienbildnisse hingen, deren Leinwand sich aus den an den Wänden hängenden Rahmen herausblähete.

Nachdem sie wieder eine Treppe erstiegen, kam sie an eine Reihe von Thüren, welche alle in Zimmer des ersten Stockwerks auf der nördlichen Seite des Hauses führten.

Sie kniete nieder, legte den Brief neben sich auf die Diele dem Schlüsselloch der ersten Thür gegenüber, an welche sie von der obersten Stufe der Treppe aus kam, lugte mißtrauisch einen Augenblick hinein und begann dann die verschiedenen Schlüssel zu probiren, bis sie einen fand, der in das Schloß paßte.

Es kostete ihr viel Mühe, dies zu Stande zu bringen, denn ihre Aufregung war so groß, daß ihre Hände zitterten und sie kaum im Stande war, die Schlüssel getrennt voneinander zu halten.

Endlich gelang es ihr, die Thür zu öffnen. Dichtere Staubwolken als ihr bis jetzt entgegengekommen, wirbelten in dem Augenblick heraus, wo das Innere des Zimmers sichtbar ward und eine trockene, luftlose, dicke Atmosphäre erstickte sie fast, als sie sich bückte, um den Brief vom Fußboden aufzuheben. Anfangs wich sie zurück und that einige Schritte wieder nach der Treppe. Doch gewann sie ihre Entschlossenheit sofort wieder.

„Nun kann ich nicht mehr zurück“, sagte sie verzweifelt und trat in das Zimmer.

Sie blieb nicht länger als zwei oder drei Minuten darin. Als sie wieder herauskam, war ihr Gesicht todtenbleich vor Furcht, und die Hand, welche, als sie in das Zimmer ging, den Brief gehalten, hielt jetzt nichts weiter als einen kleinen rostigen Schlüssel.

Nachdem sie die Thür wieder verschlossen, besah sie

das große Schlüsselbund, welches sie aus dem Wirthschaftszimmer genommen, mit größerer Aufmerksamkeit als sie demselben bis jetzt gewidmet.

Außer dem an dem Ringe, der es zusammenhielt, befestigten Elfenbeintäfelchen waren auch noch kleinere Pergamentblättchen an die Griffe einiger der Schlüssel gebunden, um die Zimmer zu bezeichnen, deren Thüren sie öffneten. Der besondere Schlüssel, dessen sie sich bediente, war auch mit einem solchen Blättchen versehen. Sie hielt dasselbe dicht an das Licht und las darauf in von der Zeit halb verwischten Buchstaben geschrieben:

„Das Myrthenzimmer."

Das Zimmer, in welchem der Brief versteckt war, hatte also einen Namen! Es war ein Name von angenehmem Klang, welcher die meisten Menschen angezogen und sich angenehm ihrer Erinnerung eingeprägt haben würde — ein Name, dem aber Sara nach dem, was sie gethan, eben aus diesem Grunde mißtrauen mußte.

Sie nahm ihr Nähfutteral aus der Tasche ihrer Schürze und schnitt mit der darin befindlichen Scheere das Pergamentblättchen von dem Schlüssel.

War es aber wohl genug, blos dieses eine zu vernichten? Sie verlor sich in ein Labyrinth von nutzlosen Muthmaßungen und schnitt zuletzt auch die andern Blättchen ab — — aus keinem andern Grunde, als weil sie instinctartiges Mißtrauen dagegen hegte.

Nachdem sie sorgfältig die Pergamentstreifchen vom Boden aufgelesen, steckte sie dieselben nebst dem kleinen rostigen Schlüssel, den sie aus dem Myrthenzimmer mit herausgebracht, in die leere Tasche ihrer Schürze. Dann lenkte sie, mit dem großen Schlüsselbund in der Hand und indem sie sorgfältig die Thüren, die sie auf ihrem Wege nach der Nordseite von Porthgenna Tower geöffnet, wieder verschlossen, ihre Schritte zurück nach dem Wirthschaftszimmer, ging, ohne jemand zu sehen, hinein und hing das Schlüsselbund wieder an den Nagel in der Wand.

Da die Morgenstunden mittlerweile vorgerückt waren und sie daher fürchten mußte, einer oder der andern der Dienerinnen zu begegnen, so eilte sie nun zurück auf ihr Schlafzimmer.

Das Licht, welches sie hier hatte stehen lassen, brannte noch matt in dem frischen Tageslicht. Als sie, nachdem sie das Licht ausgelöscht, den Fenstervorhang auf die Seite zog, flog selbst in dem hellen Tageslicht, welches jetzt hereinfiel, ein Schatten ihrer frühern Furcht über ihr Gesicht. Sie öffnete das Fenster und lehnte sich begierig hinaus in die kühle Luft.

Mochte es nun zum Guten oder zum Schlimmen sein, so war das verhängnißvolle Geheimniß doch nun verborgen — die That war geschehen. Es lag etwas Beruhigendes in dem ersten Bewußtsein dieser einen Thatsache. Sie konnte nun gefaßter an sich selbst und an die ungewisse Zukunft denken, die vor ihr lag.

Jetzt, wo das Verhältniß zwischen ihr und ihrer Herrin durch den Tod getrennt worden, konnte sie auf keinen Fall erwarten, in ihrer bisherigen Stellung zu verbleiben. Sie wußte, daß Mistreß Treverton in den letzten Tagen ihrer Krankheit sie der Güte und dem Schutze ihres Gemahls dringend empfohlen hatte und sie war überzeugt, daß die letzten Wünsche der Gattin in diesem wie in allen andern Fällen von ihm als die heiligste Verpflichtung betrachtet werden würden. Konnte sie aber wohl Schutz und Güte von der Hand eines Herrn annehmen, den sie betrügen geholfen und den sie durch den soeben gethanen Schritt auch noch ferner in der Täuschung zu erhalten beabsichtigte? Schon der Gedanke an eine solche Niedrigkeit war so empörend, daß sie fast mit einem Gefühl von Erleichterung die einzige noch übrige traurige Alternative ergriff — nämlich die, das Haus sofort zu verlassen.

Aber wie sollte sie es verlassen? Dadurch, daß sie ihren Dienst förmlich kündigte und sich auf diese Weise Fragen blosstellte, durch die sie ganz gewiß in Angst und Verwirrung gesetzt würde? Konnte sie es wagen, nach dem, was sie gethan, wieder ihrem Herrn gegenüberzutreten, da doch seine ersten Fragen ganz gewiß sich auf ihre Herrin bezogen, da er sich ganz bestimmt nach den letzten betrübenden Einzelheiten und nach dem geringfügigsten Wort erkundigte, welches während der Sterbescene, deren alleinige Zeugin sie gewesen, gesprochen worden?

Sie fuhr, als die sichern Folgen, wenn sie sich diesem furchtbaren Verhör aussetzte, ihr in immer dichteren Massen vor die Augen traten, empor, nahm ihren Mantel von seinem Nagel an der Wand und horchte, plötzlich von Argwohn und Furcht erfüllt, an ihrer Thür.

Hatte sie Tritte gehört? Ließ ihr Herr sie vielleicht schon holen?

Nein, alles war still draußen. Einige Thränen

rollten über ihre Wangen, während sie den Hut aufsetzte und fühlte, daß sie durch die Ausführung dieser einfachen alltäglichen Verrichtung der letzten und vielleicht schwersten der grausamen Nothwendigkeiten gegenübertrat, in welche das Verbergen des Geheimnisses sie verwickelt hatte. Es ließ sich nicht ändern, sie mußte es auf die Gefahr ankommen lassen, Alles zu verrathen, oder die doppelte Prüfung auf sich nehmen, Porthgenna Tower zu verlassen und zwar es heimlich zu verlassen.

Heimlich — ohne ein Wort an ihren Herrn, ohne auch nur eine schriftliche Zeile, um ihm für seine Güte zu danken und ihn um Verzeihung zu bitten. Sie hatte ihr Pult aufgeschlossen und aus demselben ihre Börse, einige Briefe und ein kleines Gesangbuch genommen, ehe ihr diese Erwägungen einfielen. Dieselben veranlaßten sie, mit dem Wiederschließen des Pultes innezuhalten.

„Soll ich schreiben“, fragte sie sich selbst, „und den Brief hier lassen, damit er gefunden werde, wenn ich fort bin?“

Ein wenig weiteres Nachdenken bestimmte sie, diese Frage mit Ja zu beantworten. So rasch als ihre Feder die Buchstaben formen konnte, schrieb sie einige Zeilen, an Kapitän Treverton gerichtet, in welchen sie bekannte, daß sie ihm ein Geheimniß verschweige, mit dessen Mittheilung sie beauftragt gewesen, indem sie hinzufügte, sie sei fest überzeugt, daß dadurch, daß sie unterlassen, diese Pflicht zu erfüllen, weder ihm noch irgend jemand, für den er sich interessire, ein Nachtheil erwachsen werde. Sie schloß, indem sie ihn noch um Verzeihung bat, daß sie das Haus heimlich verließe, und als letzte Gunst begehrte, daß man keinerlei Nachforschungen nach ihr anstelle.

Nachdem sie dieses kurze Briefchen versiegelt und auswendig den Namen ihres Herrn darauf geschrieben, legte sie es auf ihren Tisch, horchte dann wieder an der Thür, und nachdem sie sich überzeugt, daß noch niemand auf den Füßen war, begann sie die Treppe von Porthgenna Tower zum letzten Male hinabzugehen.

Am Eingange des Corridors, der nach der Kinderstube führte, blieb sie stehen. Die Thränen, welche sie, seitdem sie ihr Zimmer verlassen, unterdrückt, begannen wieder zu fließen. So dringend ihre Gründe auch waren, ihre Flucht, ohne einen Augenblick Zeit zu versäumen, auszuführen, so näherte sie sich doch mit der seltsamsten Inconsequenz einige Schritte der Kinderstubenthür. Ehe sie noch weit gekommen war, schlug ein leichtes Geräusch in dem untern Theile des Hauses an ihr Ohr und hemmte sofort ihr ferneres Vorschreiten.

Während sie so zweifelhaft dastand, stieg der Kummer in ihrem Herzen — ein größerer Kummer, als welchen sie bis jetzt verrathen —, unwiderstehlich auf ihre Lippen und entrang sich denselben durch tiefes keuchendes Schluchzen.

Das Geräusch desselben schien sie zum Bewußtsein der Gefahr ihrer Lage, wenn sie noch einen Augenblick länger bliebe, aufzurütteln. Sie eilte deshalb wieder nach der Treppe, erreichte unaufgehalten die Küchenetage und ging zu der Gartenthür hinaus, welche der Diener ihr bei der Morgendämmerung geöffnet hatte.

Als sie die nächste Umgebung von Porthgenna Tower

hinter sich hatte, lenkte sie, anstatt den nächsten Weg über das Moorland, der nach der Landstraße führte, einzuschlagen, ihre Schritte nach der Kirche, blieb aber, ehe sie dieselbe erreichte, an dem öffentlichen Brunnen der Nachbarschaft stehen, der hier in der Nähe der Fischerhütten des Dorfes Porthgenna gegraben worden.

Nachdem sie sich vorsichtig umgeschaut, ließ sie den kleinen rostigen Schlüssel, den sie mit aus dem Myrthenzimmer gebracht, in den Brunnen fallen, eilte dann weiter und ging in den Kirchhof hinein. Hier lenkte sie ihre Schritte unmittelbar nach einem der Gräber, welches durch einen kleinen Zwischenraum von den übrigen geschieden war. Auf dem zu Häupten desselben stehenden Steine standen folgende Worte:

Gewidmet dem Andenken an
Hugh Polwheal
gestorben in seinem 26. Lebensjahre.
Der Tod ereilte ihn
durch den Sturz eines Felsens in
dem Porthgenna-Schacht
am 17. December 1823.

Nachdem Sara von dem Gras auf dem Grabe einige Halme abgepflückt, öffnete sie das kleine Gesangbuch, welches sie aus ihrem Zimmer in Porthgenna mitgenommen, und legte die Halme sorgfältig und behutsam zwischen die Blätter. Als sie dies that, blies der Wind das Titelblatt des Gesangbuches offen, sodaß die darauf in großen plumpen Buchstaben geschriebene Inschrift sichtbar ward: „Dies Buch gehört Sara Leeson, die es von Hugh Polwheal geschenkt erhalten.“

Nachdem sie die Grashalme zwischen die Blätter des Buchs gelegt, lenkte sie ihre Schritte wieder nach dem Fußsteig zurück, der nach der Landstraße führte. Auf dem Moorland angekommen, nahm sie aus ihrer Schürzentasche die von den Schlüsseln abgeschnittenen Pergamentstreifen und warf sie vereinzelt unter das Heidekraut hinein.

„Nun ist alles gethan!“ sagte sie. „Gott helfe und verzeihe mir — nun ist alles gethan und vorüber!“

Mit diesen Worten kehrte sie dem alten Hause und der Aussicht auf das Meer jenseits desselben den Rücken und ging weiter über das Moorland hinweg nach der Landstraße.

Vier Stunden später befahl Kapitän Treverton einem der Diener, Sara Leeson zu sagen, er wünsche Alles zu hören, was sie ihm über die letzten Augenblicke ihrer Herrin mitzutheilen habe.

Der Bote kam mit Blicken und Worten der Bestürzung und mit dem Briefe zurück, den Sara an ihren Herrn gerichtet.

Sofort, nachdem Kapitän Treverton den Brief gelesen, befahl er, schleunige Nachforschungen nach der Entflohenen anzustellen. Sie war in Folge der frühzeitigen Ergrauung ihres Haares, des seltsamen, scheuen Blicks ihrer Augen und ihrer Gewohnheit, fortwährend mit sich selbst zu sprechen, so leicht zu beschreiben und zu erkennen, daß ihre Spur mit Sicherheit bis Truro verfolgt ward.

In dieser großen Stadt aber ging diese Spur verloren und ward nie wieder aufgefunden. Es wurden

Belohnungen ausgesetzt, die Behörden des Districts für die Sache interessirt, alles, was Reichthum und Ansehen thun konnten, um sie zu entdecken, ward gethan, aber vergebens. Man ermittelte keinen Aufschluß, welcher auch nur einen Verdacht in Bezug auf ihren Aufenthaltsort an die Hand gegeben, oder auch nur im mindesten zur Aufklärung über die Beschaffenheit des in ihrem Briefe angedeuteten Geheimnisses beigetragen hätte.

Man sah und hörte in Porthgenna Tower nach dem Morgen des dreiundzwanzigsten August achtzehnhundertundneunundzwanzig von ihr nichts wieder.

Drittes Kapitel.

Fünfzehn Jahre später.

Die Kirche von Long Beckley — eines bedeutenden landwirthschaftlichen Dorfes in einer der Binnengrafschaften Englands — besitzt, obschon sie sich weder durch ihre Größe, noch durch ihre Bauart, noch durch ihr Alter auszeichnet, nichtsdestoweniger einen Vorzug, welchen die kaufmännischen Despoten von London ihrer stattlichen St. Pauls-Kathedrale barbarischerweise versagt haben. Sie steht nämlich auf einem großen freien Platz und man kann sie daher rings herum von jedem Punkte aus mit Bequemlichkeit überschauen.

Dieser große freie Raum um die Kirche herum ist von drei verschiedenen Richtungen her zugänglich. Es führt eine Straße geradeaus nach dem Haupteingange. Zweitens gibt es einen breiten Kiesweg, der an dem Thore des Pfarrhauses anfängt, quer über den Kirchhof führt und gebührendermaßen bis an den Eingang der Sacristei reicht. Drittens führt ein Fußweg über die Felder, mittelst dessen der Gutsherr und die feineren

Leute, die in seiner erhabenen Nachbarschaft wohnen, überhaupt die Seitenthür der Kirche erreichen können, so oft ihre angeborene Demuth, von günstiger Witterung unterstützt, sie geneigt macht, die Heiligung des Sabbaths unter ihren Dienstleuten dadurch zu ermuthigen, daß sie gleich der geringeren Klasse von Andächtigen auf ihren eigenen Füßen zur Kirche gehen.

Um halb acht Uhr an einem gewissen schönen Sommermorgen des Jahres achtzehnhundertvierundvierzig würde ein fremder Beobachter, wenn er zufällig in einem unbemerkten Winkel des Kirchhofs gestanden und mit scharfen Augen um sich geblickt hätte, wahrscheinlich Augenzeuge von Vorgängen gewesen sein, die ihn zu dem Glauben verleitet haben würden, daß in Long Beckley eine Verschwörung im Werke sei, deren Sammelpunkt die Kirche wäre und deren Haupträdelsführer aus den angesehensten Einwohnern bestünden.

Gesetzt, er hätte, als die Uhr die halbe Stunde schlug, nach dem Pfarrhause geblickt, so würde er gesehen haben, wie der Pfarrer oder Vicar von Long Beckley, der ehrwürdige Doctor Chennery, argwöhnisch sein Haus durch die Hinterthür verließ, sich wie mit bösem Gewissen umsah, als er sich dem nach der Sacristei führenden Kieswege näherte, geheimnißvoll außen vor der Thür stehen blieb und unruhig die nach dem Dorfe führende Straße hinabschaute.

Angenommen, unser fremder Beobachter hätte sich versteckt gehalten und gleich dem Pfarrer die Straße hinabgeschaut, so hätte er sodann den Küster, einen würdevollen Mann mit einem strengen gelben Gesicht

— er war ein protestantischer Loyola seinem Ansehen und ein fleißiger Schuhmacher seinem Handwerke nach — mit einem Blick unaussprechlichen Geheimnisses in seinem Gesicht und einem dicken Schlüsselbund in der Hand sich nähern gesehen haben.

Er würde ferner gesehen haben, wie der Küster sich gegen den Pfarrer mit einem grimmigen Lächeln geheimen Einverständnisses verneigte, gerade so wie Guy Fawkes sich wahrscheinlich gegen Catesby verneigte, als diese beiden bedeutenden Schießpulvereigenthümer zusammenkamen, um in ihrer umfangreichen Niederlage unter den Parlamentshäusern Inventur zu halten.

Er würde gesehen haben, wie der Pfarrer in zerstreuter Weise dem Küster zunickte und — es war dies unzweifelhaft eine geheime Parole unter der doppelten Maske der alltäglichen Bemerkung und der freundlichen Frage — sagte: „Ein schöner Morgen, Thomas. Habt Ihr schon gefrühstückt?“ Er würde ferner gehört haben, wie Thomas mit einer argwöhnischen Rücksicht auf die kleinsten Einzelheiten antwortete: „Ich habe eine Tasse Thee und eine Brotrinde zu mir genommen, Sir.“

Und dann würde er gesehen haben, wie diese beiden Verschwörer, nachdem sie beide gleichzeitig den Blick auf die Kirchenuhr geworfen, sich mit einander nach der Seitenthür bewegten, welche die Aussicht auf den über die Felder führenden Fußweg hatte.

Wäre er ihnen gefolgt — wie unser fremder Beobachter doch ganz gewiß gethan haben würde — so hätte er noch drei fernerweite Verschwörer entdeckt, welche den Fußweg entlang kamen.

Der Anführer dieses verrätherischen Trupps war ein ältlicher Herr mit verwittertem Gesicht und einer biedern geraden Haltung, welche ganz bewundernswürdig geeignet war, den Argwohn zu entwaffnen.

Seine beiden Begleiter waren ein junger Herr und eine junge Dame, welche Arm in Arm gingen und flüsternd miteinander sprachen. Sie trugen beide das allereinfachste Morgencostüm. Die Gesichter beider waren ein wenig bleich und das Benehmen der Dame ein wenig aufgeregt.

Außerdem war nichts Besonderes an ihnen zu bemerken, bis sie an das in den Kirchhof hineinführende Pförtchen kamen, wo dann das Benehmen des jungen Herrn auf den ersten Anblick ziemlich befremdend erschien.

Anstatt das Pförtchen zu öffnen und die Dame zuerst eintreten zu lassen, blieb er nämlich zurück, ließ es sie selbst öffnen, wartete bis sie die andere Seite erreicht hatte, streckte dann die Hand über das Pförtchen und ließ sich von ihr durch den Eingang hindurchführen, als wenn er sich plötzlich aus einem erwachsenen Mann in ein hülfloses kleines Kind verwandelt hätte.

Unser fremder Beobachter würde, wenn er dies bemerkt hätte, sowie ferner, daß, als die Personen vom Felde her sich dem Pfarrer so weit genähert hatten, daß sie ihn grüßen konnten, und nachdem der Küster von seinem Schlüsselbund Gebrauch gemacht, um die Kirchenthür zu öffnen, der Begleiter der jungen Dame in die Kirche — diesmal aber von Doctor Chennery's Hand —

ebenso in die Kirche hineingeführt, wie er früher durch das Pförtchen geführt ward, zu dem unvermeidlichen Schlusse gekommen sein, daß die einen solchen Beistand bedürfende Person mit dem Uebel der Blindheit behaftet sei.

Durch diese Entdeckung ein wenig stutzig gemacht, würde er noch mehr erstaunt sein, wenn er in die Kirche hineingeschauet und gesehen hätte, daß der Blinde und die junge Dame miteinander vor dem Altar standen mit dem ältlichen Herrn als Vater daneben.

Seine nun in ihm erwachende Vermuthung, daß der Zweck, welcher die Verschwörer zu dieser frühen Stunde zusammenführte, eine Vermählung beträfe und daß es sich hier um die Feier einer Hochzeit unter der strengsten Verschwiegenheit handle, würde binnen fünf Minuten durch das Erscheinen des Doctor Chennery bestätigt worden sein, welcher in voller Amtstracht aus der Sacristei heraustrat und mit seiner sanften, wohlklingenden Stimme die Traurede und Trauformel ablas.

Nach Beendigung dieser Ceremonie würde der Fremde in immer größere Verwunderung gerathen sein, wenn er bemerkt hätte, daß die dabei betheiligten Personen in dem Augenblick, wo das Unterzeichnen, Küssen und bei solchen Gelegenheiten gebräuchliche Gratuliren vorüber war, sich wieder trennten und rasch nach den verschiedenen Richtungen hin entfernten, von welchen her sie sich der Kirche genähert hatten.

Wir lassen den Küster auf dem Dorfwege, die Braut, den Bräutigam und den ältlichen Herrn auf dem Fußwege über die Felder zurückkehren und den fingirten fremden Beobachter als Beute getäuschter Neugier nach irgend einer beliebigen Richtung hin verschwinden und folgen dem Doctor Chennery zum Frühstück im Pfarrhause, um zu hören, was er in Bezug auf seine amtlichen Leistungen an diesem Morgen innerhalb der vertrauten Atmosphäre seines Familienkreises zu sagen hat.

Die bei diesem Frühstück versammelten Personen waren erstens Mr. Phippen, ein Gast; zweitens Miß Sturch, eine Gouvernante; drittens, viertens und fünftens Miß Louise Chennery, zehn Jahre alt; Miß Amely Chennery, neun Jahre alt, und Master Robert Chennery, acht Jahre alt. Es war kein Mutterantlitz gegenwärtig, um das häusliche Gemälde vollständig zu machen. Der Doctor war seit der Geburt seines jüngsten Kindes verwitwet.

Der Gast war ein alter Universitätsfreund des Pfarrers und verweilte jetzt, wie man annahm, um seiner Gesundheit willen in Long Beckley. Die meisten Menschen von irgendwelchem Charakter wissen sich einen Ruf von irgendeiner Art zu erwerben, der sie in dem geselligen Cirkel, in welchem sie sich bewegen, individualisirt. Mr. Phippen war ein Mann von einigem Charakter und lebte in der Werthschätzung seiner Freunde auf den Ruf hin, ein Märtyrer von Verdauungsbeschwerden zu sein, mit großer Auszeichnung. Ueberall wohin Mr. Phippen ging, dahin gingen auch die Leiden seines Magens mit ihm. Er übte öffentliche Diät und kurirte sich öffentlich. Er war mit sich selbst und seinen Krankheiten so unausgesetzt beschäftigt, daß er einen zufälligen Bekannten binnen fünf Minuten schon in die Geheimnisse der Beschaffenheit seiner Zunge eingeweihete, und ganz ebenso fortwährend bereit war, den Zustand seiner Verdauung zu besprechen, wie die Leute im Allgemeinen bereit sind, den Zustand des Wetters zu erörtern.

Ueber dieses Lieblingsthema sprach er wie über jedes andere in freundlich sanfter Weise, zuweilen in wehmüthigem, zuweilen auch in sentimental schmachtendem Tone. Seine Höflichkeit war von der drückend liebreichen Sorte und er machte, wenn er andere Leute anredete, fortwährend von dem Worte „Lieber" Gebrauch.

Was sein Aeußeres betraf, so konnte man ihn nicht einen schönen Mann nennen. Seine Augen waren wässerig, groß und hellgrau und rollten in einem Zustande feuchter Bewunderung irgend eines Gegenstandes oder einer Person fortwährend von einer Seite zur andern. Seine Nase war lang, herabhängend und tief melancholisch, wenn in Bezug auf dieses Glied ein solcher Ausdruck statthaft ist. Uebrigens hatten seine Lippen eine weinerliche Krümmung, seine Gestalt war klein, sein Kopf groß, kahl und locker zwischen den Schultern sitzend, seine Art sich zu kleiden ein wenig excentrisch elegant, sein Alter ungefähr fünfundvierzig Jahre, sein Stand der eines ledigen Mannes.

Dies war Mr. Phippen, der Märtyrer der Verdauungsbeschwerden und Gast des Pfarrers von Long Beckley.

Miß Sturch, die Gouvernante, kann kurz und genau als eine junge Dame beschrieben werden, welche seit dem Tage ihrer Geburt niemals durch eine Idee oder eine Empfindung belästigt worden. Sie war ein kleines, feistes, ruhiges, weißes, lächelndes, nettgekleidetes Mädchen, genau zur Verrichtung gewisser Pflichten zu gewissen Stunden aufgezogen und im Besitz eines unerschöpflichen Wörterbuchs von Gemeinplätzen, welche, so oft es verlangt ward, stets in derselben Qualität zu jeder Stunde des Tages und zu jeder Jahreszeit freundlich von ihren Lippen rieselten. Miß Sturch lachte nie und weinte nie, sondern wählte den sichern Mittelweg, fortwährend zu lächeln. Sie lächelte, wenn sie des Morgens im Januar aus ihrem Schlafzimmer herunterkam und sagte, es wäre sehr kalt. Sie lächelte, wenn sie an einem Morgen im Juli herunterkam und sagte, es sei sehr heiß. Sie lächelte, wenn der Bischof einmal des Jahres sich einfand, um den Vicar zu besuchen; sie lächelte, wenn der Fleischerjunge jeden Morgen kam, um Bestellungen zu holen. Sie lächelte, wenn Miß Louise an ihrer Brust weinte und wegen ihrer Fehler in der Geographie um Nachsicht flehete; sie lächelte, wenn Master Robert ihr auf den Schooß sprang und ihr befahl, ihm das Haar zu bürsten. Es mochte im Pfarrhause geschehen was da wollte, so war nichts im Stande, Miß Sturch aus dem einen glatten Gleise herauszuwerfen, in welchem sie sich fortwährend und stets in demselben Schritt hin- und herbewegte. Hätte sie während der Bürgerkriege in England in einer Royalistenfamilie gelebt, so hätte sie am Morgen der Hinrichtung Karl's des Ersten dem Koche geklingelt, um das Mittagsmahl zu bestellen. Wäre Shakspeare wieder zum Leben erwacht und hätte er an einem Sonnabend abends sechs Uhr in dem Pfarrhause vorgesprochen, um Miß Sturch genau zu erklären, mit welchen Ideen er sich bei dem Verfassen des Trauerspiels Hamlet getragen, so hätte sie gelächelt und gesagt, es sei dies außerordentlich interessant, bis es sieben Uhr geschlagen, wo sie den Barden von Avon gebeten hätte, sie zu entschuldigen, um dann mitten in einem Redesatze fortzulaufen und die Hausmagd bei Vergleichung des Waschbuches zu beaufsichtigen.

Eine sehr achtungswerthe junge Person war Miß Sturch, wie die Damen von Long Beckley zu sagen pflegten, so umsichtig mit den Kindern und so treu in Erfüllung ihrer häuslichen Pflichten, von guten Grundsätzen beseelt und eine Pianistin mit markigem Anschlage, gerade hübsch genug, gerade gut genug gekleidet, gerade redselig genug, vielleicht nicht ganz alt genug und vielleicht ein wenig allzu sehr zu einer zu Umarmungen verlockenden Korpulenz um die Taille herum geneigt — im Ganzen genommen aber eine sehr schätzenswerthe junge Person.

Bei den charakteristischen Eigenthümlichkeiten der Schüler der guten Miß Sturch ist es nicht nothwendig, sehr ausführlich zu verweilen.

Miß Louise's zur Gewohnheit gewordene Schwäche war ein eingefleischter Hang, den Schnupfen zu bekommen.

Miß Amely's Hauptfehler war eine Geneigtheit, ihren Gaumen zu befriedigen, indem sie zu unberechtigten Zeiten und Stunden allerhand Ergänzungsmahlzeiten und Frühstücke zu sich nahm.

Master Robert's bemerkenswertheste Mängel hatten ihren Grund in der Schnelligkeit, womit er seine Kleider zerriß, und der Stumpfsinnigkeit, welche er beim Lernen des Einmaleins entwickelte.

Die Tugenden sämmtlicher drei Geschwister waren ziemlich von einer und derselben Art — sie waren gut gewachsen, sie waren echte Kinder, und sie liebten ihre Miß Sturch auf sozusagen tumultuarische Weise.

Um die Galerie von Familienporträts vollständig zu machen, müssen wir wenigstens versuchen, einen Umriß von dem Vicar oder Pfarrer selbst hinzuzufügen.

Doctor Chennery gereichte in physischer Beziehung der Kirche, welcher er angehörte, zur Zierde. Er maß sechs Fuß zwei Zoll, er wog siebzehn Stein, er war der beste Schläger in dem Cricket-Club von Long Beckley; er war in Bezug auf Wein und Hammelfleisch streng orthodox; er brachte auf der Kanzel niemals unangenehme Theorien über die künftige Bestimmung der Menschen zur Sprache; er zankte sich mit niemandem außerhalb der Kanzel; er knöpfte nie seine Taschen zu, wenn die Bedürfnisse seiner armen Brüder — auch mit Einschluß von Andersgläubigen — ihn aufforderten sie zu öffnen. Sein Weg durch die Welt war ein ruhiger Marsch die hohe trockene Mitte einer sichern Chaussee entlang. Die geschlängelten Nebenpfade theologischer Controversen konnten sich ihm rechts und links so verlockend öffnen wie sie wollten — er ging ruhig seinen Weg und ließ sich nicht irre machen. Neuerungssüchtige junge Rekruten der Kirchenarmee konnten ihm die Neununddreißig Artikel auf die verfänglichste Weise dicht unter der Nase aufschlagen, so schaute doch das vorsichtige Auge des Veterans nie um ein Haar breit weiter als seine eigene

Unterschrift am Fuße derselben. Er verstand von der Theologie so wenig als möglich, er hatte seiner vorgesetzten Behörde während seines ganzen Lebens nie eine Minute lang irgend eine Belästigung verursacht, er war unschuldig an aller Betheiligung beim Lesen oder Schreiben von Flug- und Streitschriften — kurz, er war der ungeistlichste aller Geistlichen, aber trotz alledem machte er in seiner Amtstracht eine Erscheinung, wie man sie selten sieht.

Siebzehn Stein aufrechtes muskelstarkes Fleisch, ohne eine einzige wunde und unreine Stelle, besitzen jedenfalls das Verdienst, daß sie Ausdauer hoffen lassen und dies ist eine vortreffliche Tugend bei Säulen jeder Art, in der gegenwärtigen Zeit aber eine ganz besonders kostbare Eigenschaft an einer Säule der Kirche.

Sobald der Vicar in das Frühstückzimmer trat, kamen ihm die Kinder mit lautem Geschrei entgegen. Er war in Beobachtung der Pünktlichkeit bei Mahlzeiten sehr streng und sah sich jetzt selbst von der Uhr überführt, daß er eine Viertelstunde zu spät zum Frühstück kam.

„Es thut mir leid, daß ich Sie habe warten lassen, Miß Sturch“, sagte der Vicar, „ich habe jedoch für meine Verspätung eine gute Entschuldigung“.

„O bitte, sprechen Sie nicht davon, Sir“, sagte Miß Sturch, indem sie freundlich ihre feisten kleinen Hände eine über der andern rieb. „Ein schöner Morgen. Ich fürchte, wir werden wieder einen warmen Tag bekommen. Robert, mein guter Junge, stemme Dich nicht mit dem Ellbogen auf den Tisch. Ein schöner Morgen — wirklich ein schöner Morgen.“

„Ist Dein Magen immer noch nicht in Ordnung, Phippen, wie?“ fragte der Vicar, indem er den Schinken zu tranchiren begann.

Mr. Phippen schüttelte kläglich seinen dicken Kopf, legte seinen gelben, mit einem großen Türkisenring geschmückten Zeigefinger auf das mittelste Quarré seiner hellgrünen Sommerweste, sah Doctor Chennery kläglich an und seufzte, nahm den Finger wieder weg und brachte aus der Brusttasche seines Paletot ein kleines Mahagony-Etui heraus. Aus diesem nahm er eine sauber gearbeitete kleine Apothekerwage mit den dazu gehörigen Gewichten, ein Stück Ingwer und ein blankpolirtes kleines silbernes Reibeisen.

„Sie werden einen Kranken entschuldigen, meine liebe Miß Sturch, nicht wahr?“ sagte Mr. Phippen, indem er den Ingwer matt und langsam in die nächste Theetasse zu reiben begann.

„Rathet einmal, weshalb ich heute Morgen eine Viertelstunde zu spät komme“, sagte der Vicar, indem er geheimnißvoll einen Blick um den Tisch herumschweifen ließ.

„Du hast es verschlafen, Papa!“ riefen die drei Kinder, indem sie triumphirend in die Hände klatschten.

„Was meinen Sie, Miß Sturch?“ fragte Doctor Chennery.

Miß Sturch lächelte wie gewöhnlich, rieb wie gewöhnlich die Hände, hustete wie gewöhnlich sanft, um die Kehle frei zu machen, sah unverwandt die Theemaschine an und bat dann mit der anmuthigsten Höflichkeit, man möge sie entschuldigen wenn sie nichts sage.

„Nun bist Du an der Reihe, Phippen“, sagte der Vicar. „Rathe einmal, weshalb ich mich heute Morgen verspätet habe.“

„Mein lieber Freund“, sagte Mr. Phippen, indem er dem Doctor brüderlich die Hand drückte, „fordre mich nicht auf, zu rathen, denn ich weiß es. Ich sah, was Du gestern beim Diner aßest — ich sah, was Du nach dem Diner trankst. Keine Verdauung könnte dies aushalten, nicht einmal die Deinige. Ich soll errathen, weshalb Du diesen Morgen so spät gekommen bist? Ach geh doch, ich weiß es ja! Du gute, liebe Seele, Du hast Arzenei eingenommen!“

„Nein, Gott sei Dank, seit zehn Jahren ist davon kein Tropfen über meine Zunge gekommen“, sagte Doctor Chennery mit einem Blick frommer Dankbarkeit. „Nein, nein, Du irrst Dich vollständig. Du mußt nämlich wissen, ich bin in der Kirche gewesen und was glaubest Du wohl, was ich da gemacht habe? Hören Sie, Miß Sturch — höret, Mädchen, mit allen Euren Ohren! Der arme blinde junge Frankland ist endlich ein glücklicher Mann — heute Morgen eben habe ich ihn mit unserer lieben Rosamunde Treverton vermählt.“

„Ohne uns etwas zu sagen, Papa!“ riefen die beiden Mädchen gleichzeitig im gellendsten Tone des Aergers und der Ueberraschung. „Ohne uns etwas zu sagen, während Du doch weißt, wie gern wir zugesehen hätten!“

„Eben dies war der Grund, weshalb ich Euch nichts davon sagte, meine lieben Kinder“, antwortete der Vicar. „Der junge Frankland ist noch nicht so an sein Uebel gewöhnt, der arme junge Mann, daß er es ertragen könnte, sich in der Eigenschaft eines blinden Bräutigams öffentlich bemitleiden und angaffen zu lassen. Er hatte eine so große Furcht davor, an seinem Hochzeitstage Gegenstand der Neugier zu sein, und Rosamunde, dieses gutherzige Mädchen, war so darauf bedacht, ihm in allen Dingen den Willen zu thun, daß wir verabredeten, die Vermählung zu einer Stunde des Morgens zu vollziehen, wo sich vermuthen ließe, daß noch keine müßigen Gaffer sich in der Nähe der Kirche herumtrieben. Mir war in Bezug auf den Tag die strengste Verschwiegenheit zur Pflicht gemacht und dasselbe war mit meinem Küster Thomas der Fall. Mit Ausnahme von uns beiden, der Braut, des Bräutigams und des Vaters der Braut, Kapitäns Treverton, wußte niemand —"

„Treverton!" rief Mr. Phippen, indem er seine Theetasse mit dem geriebenen Ingwer auf dem Boden derselben hinhielt, um sie von Miß Sturch füllen zu lassen, „Treverton! — So ist es genug, meine liebe Miß Sturch! — Das ist doch merkwürdig! Diesen Namen kenne ich. — Noch ein wenig Wasser, wenn ich bitten darf. — Sage mir, lieber Doctor — ich danke recht sehr — keinen Zucker — er verwandelt sich im Magen in Säure — ist diese Miß Treverton, welche Du vermählt hast — ich danke nochmals, auch keine Milch — eine von den Treverton's in Cornwall?"

„Jawohl, versteht sich", entgegnete der Vicar. „Ihr Vater, Kapitän Treverton, ist das Haupt der Familie. Nicht als ob dieselbe sehr zahlreich wäre. Der Kapitän und Rosamunde und ihr launenhafter, mürrischer alter

Onkel, Andrew Treverton, sind Alles, was noch von dem alten Stamme übrig ist. In frühern Zeiten war es eine reiche Familie und eine schöne Familie — gute Freunde der Kirche und des Staats, weißt Du, und alles dergleichen."

„Erlauben Sie, Herr Doctor, daß Amely noch ein Stück Brot und Compot bekommt?" fragte Miß Sturch den Vicar, ohne im mindesten zu wissen, daß sie ihn in seiner Rede unterbrach. Da sie in ihrem Geiste keinen überflüssigen Raum hatte, an welchem sie gewisse Dinge hätte aufbewahren können bis es Zeit war, damit herauszurücken, so that sie Fragen und machte Bemerkungen in dem Augenblick, wo ihr dieselben einfielen, ohne auf den Anfang, die Mitte, oder das Ende der Conversationen zu warten, welche vielleicht in ihrem Beisein geführt wurden. Mit den Augen spielte sie die Rolle einer Zuhörerin ganz vollkommen, aber sie war eine solche wirklich nur dann, wenn die Worte unmittelbar für ihre eigenen Ohren bestimmt und an dieselben gerichtet waren.

„O, geben Sie ihr noch ein Stück — immerhin", sagte der Vicar gleichgültig. „Ueberessen muß sie sich einmal und das kann sie ebensogut in Brot und Compot thun, als in etwas anderem.

„Mein guter, lieber Freund", rief Mr. Phippen, „sieh an, was für ein unglücklicher, kranker Mensch ich bin; sprich nicht in dieser entsetzlich gedankenlosen Weise davon, daß Du Deine liebe kleine Amely sich überessen lassen willst. Wenn der Magen schon in der Jugend überladen wird, was soll dann aus der Verdauung im Alter werden? Das Ding, welches die gemeinen Leute das Inwendige nennen — Miß Sturch wird aus Interesse an ihrer liebenswürdigen Schülerin mich entschuldigen, wenn ich in physiologische Erörterungen eingehe — ist in der That eine Maschine. Vom Standpunkt der Verdauung aus betrachtet, Miß Sturch, ist selbst der schönste und jüngste von uns eine Maschine. Man öle unsere Räder, aber man hemme ihren Gang nicht durch unpassende Substanzen. Mehlhaltige Puddings und Hammelcoteletts — Hammelcotelettes und mehlhaltige Puddings — das müßte, wenn es mir nach ginge, die Parole der Aeltern von einem Ende Englands bis zum andern sein. Schau her, liebes Kind, sieh mich an. Diese kleine Wage ist durchaus kein Spaß, sondern furchtbarer Ernst. Sieh, ich lege in die eine Schale derselben trockenes Brot — altbackenes, trockenes Brot, liebe Amely — und in die andere einige Unzen Gewichte. «Mr. Phippen, essen Sie nach dem Gewicht. Mr. Phippen, essen Sie Tag für Tag aufs Haar genau dieselbe Quantität. Mr. Phippen, überschreiten Sie dieselbe um keinen Preis, wenn es auch blos altbackenes, trockenes Brot ist». Meine liebe Amely, das ist kein Scherz — das ist, was die Aerzte zu mir sagen — die Aerzte, liebes Kind, welche meine Maschine seit dreißig Jahren mit kleinen Pillen durch und durch sondirt, aber immer noch nicht gefunden haben, wo es mit meinen Rädern hapert. Merke Dir das, liebe Amely — denke an Mr. Phippen's mangelhafte Maschine — und sage das nächste Mal, wo man Dir noch mehr zu essen anbietet: Nein, ich danke — Miß Sturch, ich bitte tausendmal um Verzeihung, daß ich mich in etwas mische, was Ihres Amtes ist, mein Interesse aber für dieses liebe Kind, meine eigene traurige Erfahrung in Bezug auf die hydraköpfigen Qualen — ach, Chennery, mein guter, lieber Freund, wovon sprachen wir denn eigentlich? — Ja, jetzt fällt es mir wieder ein — wir sprachen von der Braut — der interessanten Braut. Also, sie ist eine der Treverton's von Cornwell? Ich war vor Jahren mit Andrew ein wenig näher bekannt. Er war ein excentrischer, menschenfeindlicher alter Junggesell, gerade wie ich selbst, Miß Sturch; er litt auch an der Verdauung gerade wie ich, liebe Amely. Er hatte, vermuthe ich, durchaus keine Aehnlichkeit mit seinem Bruder, dem Kapitän. Also, die ist nun vermählt? Ein liebenswürdiges Mädchen — ich zweifle nicht daran — ein liebenswürdiges Mädchen."

„In der ganzen Welt gibt es kein besseres, aufrichtigeres und hübscheres", sagte der Vicar. „Dabei ist sie auch eine sehr lebhafte, energische Person."

„Wie werde ich sie vermissen", sagte Miß Louise. „Niemand anders amüsirte mich so wie Rosamunde, als ich das letzte Mal an dem bösen Schnupfen litt und das Bett hüten mußte."

„Und was gab sie uns immer für nette kleine Soupers!" sagte Miß Amely.

„Sie war das einzige Mädchen, welches ich je gekannt, das mit Knaben zu spielen verstand", sagte Master Robert. „Sie konnte den Ball mit einer Hand fangen, Mr. Phippen, und auf dem Eise mit gleichen Füßen schuscheln."

„Was Du nicht sagst!“ rief Mr. Phippen. „Das ist ja eine ganz außerordentliche Frau für einen Blinden! Nicht wahr, lieber Doctor, Du sagtest, er sei blind? Wie hieß er gleich? Sie werden mein schlechtes Gedächtniß nicht allzu hart beurtheilen, Miß Sturch. Wenn Verdauungsbeschwerden den Körper ruinirt haben, dann beginnen sie auch an dem Geiste zu nagen. Mr. Frank hieß er, nicht wahr? Und ist er von seiner Geburt an blind gewesen? Traurig! traurig!“

„Nein, nein — Frankland heißt er“, antwortete der Vicar, „Leonard Frankland. Auch ist er keineswegs von seiner Geburt an blind gewesen. Es ist nicht viel über ein Jahr her, als er noch so gut sehen konnte wie eins von uns.“

„Dann ist er wohl durch einen Unfall erblindet?“ sagte Mr. Phippen. „Du erlaubst mir doch, daß ich mich in den Armstuhl setze? Eine theilweise liegende Stellung ist mir nach der Mahlzeit allemal von wesentlichem Nutzen. Also, es ist mit seinen Augen ein Unfall vorgegangen? Ja, in diesem Lehnstuhl sitzt es sich doch köstlich!“

„Einen Unfall kann man es eigentlich nicht nennen“, entgegnete Doctor Chennery, „Leonard Frankland's Erziehung hatte viel Schwierigkeiten. Erstens war er von Haus aus sehr schwächlich. Mit der Zeit schien sich dies jedoch zu bessern und er wuchs zu einem ruhigen, gesetzten, manierlichen Knaben heran, der mit meinem Söhnchen dort durchaus keine Aehnlichkeit hatte. Er war sehr liebenswürdig und es ging sich, wie man zu sagen pflegt, sehr gut mit ihm um. Er hatte große

Vorliebe für die Mechanik — ich erzähle Dir alles dies, damit Du die Sache richtig begreifst, wenn ich auf seine Blindheit zu sprechen komme — und nachdem er eine Beschäftigung dieser Art nach der andern vorgenommen, legte er sich endlich aufs Uhrmachen. Es war dies ein seltsamer Zeitvertreib für einen Knaben, aber alles, was zarte Behandlung und viel Geduld und Ausdauer erforderte, war gerade das, was Leonard liebte und gern trieb. Ich sagte immer zu seinen Aeltern: «Zieht ihn von diesem Stuhl herunter, zerbrecht seine Vergrößerungsgläser, schickt ihn zu mir und ich will mit ihm Turnübungen durchmachen und ihn einen Ballschlägel handhaben lehren.» Aber es half nichts. Seine Aeltern wußten, glaube ich, am besten, was zu thun wäre und sagten, man müsse ihm den Willen thun. Na, die Sache ging eine Zeitlang ganz gut, bis er wieder in eine lange Krankheit verfiel — wie ich glaube, weil er sich nicht Bewegung genug gemacht hatte. Sobald als er wieder zu genesen begann, ging auch die alte Uhrmacherei wieder los. Das schlimme Ende aber sollte noch kommen. Ungefähr die letzte Arbeit, die er ausführte, der arme Teufel, war die Reparatur meiner Uhr — hier ist sie — sie geht so regelmäßig wie eine Dampfmaschine. Ich hatte sie noch nicht lange wieder in der Tasche, als ich hörte, daß er sich über heftige Schmerzen im Hinterkopfe beklage und daß er alle Arten sich bewegende Punkte vor den Augen sähe. «Gebt ihm tüchtig Portwein zu trinken und laßt ihn täglich drei Stunden lang auf einem ruhigen Pferdchen spazierenreiten» — dies war mein Rath. Anstatt aber denselben zu befolgen, ließen seine Aeltern Aerzte von London holen, legten ihm spanische Fliegen hinter die Ohren und zwischen die Schultern, ließen ihn Quecksilber einnehmen und steckten ihn in ein finsteres Zimmer. Es half nichts. Die Augen wurden schlimmer und schlimmer, flackerten und flackerten und verlöschten endlich wie die Flamme eines Lichts. Seine Mutter starb — es war ein Glück für sie, die arme Seele — ehe dies geschah. Sein Vater war ganz außer sich und reiste mit ihm zu Augenärzten in London und zu Augenärzten in Paris. Sie thaten aber weiter nichts, als daß sie die Blindheit bei einem langen lateinischen Namen nannten und sagten, es sei hoffnungslos und nutzlos, eine Operation zu versuchen. Einige von ihnen sagten, das Uebel sei die Folge der langwierigen Schwäche, woran er zwei Mal nach seiner Krankheit gelitten. Andere wieder sagten, es sei eine apoplektische Ergießung im Gehirn. Alle aber schüttelten die Köpfe, als sie von der Uhrmacherei hörten. Und so brachte man ihn blind wieder nach Hause; blind ist er jetzt und blind wird er bleiben, der arme junge Mann, so lange er lebt."

„Du machst mich sehr ängstlich, lieber Chennery, Du machst mich sehr ängstlich", sagte Mr. Phippen, „besonders mit dieser Theorie von langwieriger Schwäche nach Krankheit. Gütiger Himmel! ich habe auch an langwieriger Schwäche gelitten — ich leide jetzt noch daran. Punkte sah er vor den Augen? Ich sehe auch schwarze Punkte — tanzende schwarze Punkte — tanzende, schwarze, gallige Punkte. Auf mein Ehrenwort, lieber Chennery, das paßt ganz auf mich — meine Sympathie ist schmerzlich erregbar — Ich fühle diese Blindengeschichte in jedem Nerv meines Körpers — Du kannst es mir glauben."

„Wer aber Leonard ansieht und es nicht weiß, der würde kaum glauben, daß er blind ist", sagte Miß Louise, indem sie sich mit der Absicht, Mr. Phippen's Gleichmuth wieder herzustellen, ins Gespräch mischte. „Abgesehen davon, daß seine Augen ruhiger aussehen als die anderer Leute, scheint kein Unterschied bemerkbar zu sein. Wer war jener berühmte Mann, von dem Sie uns erzählten, Miß Sturch, der auch blind war und dem man es ebensowenig anmerkte wie Leonard Frankland?"

„Milton, liebes Kind. Ich bat Euch, zu merken, daß er der berühmteste der epischen Dichter Englands war", antwortete Miß Sturch in ihrem freundlichen Tone. „Er spricht sich selbst sehr poetisch über die Ursache seiner Blindheit aus. Du sollst es selbst lesen. Louise. Nachdem wir diesen Morgen ein wenig französisch getrieben haben, werden wir ein wenig Milton vornehmen. Still, still, liebes Kind, — Dein Papa spricht."

„Der arme junge Frankland!" sagte der Vicar mitleidig. „Das gute, zärtliche, edle Wesen, welches ich ihm diesen Morgen vermählt, scheint ihm in seinen Leiden als Trost gesendet zu sein. Wenn irgend eine menschliche Creatur ihn für sein noch übriges Leben glücklich machen kann, so ist es Rosamunde Treverton."

„Sie hat ein Opfer gebracht", sagte Mr. Phippen, „aber deswegen gefällt sie mir, denn ich habe auch ein

Opfer gebracht, indem ich ledig geblieben bin. Auch scheint es aus Humanitätsrücksichten unumgänglich nöthig zu sein, daß ich ledig bleibe. Wie könnte ich mit gutem Gewissen bei einer solchen Verdauung wie die meinige ein Mitglied des schönern Theils der Schöpfung unglücklich machen! Nein, ich bin ein Opfer in meiner eigenen Person und habe Mitgefühl für Andere, die sich in derselben Lage befinden. Weinte sie sehr, Chennery, als Du die Ceremonie vollzogst?"

„Ob sie weinte!" rief der Vicar verächtlich. „Rosamunde Treverton gehört nicht zu der weinerlichen sentimentalen Sorte, das kann ich Dir versichern. Sie ist ein schönes, kräftiges, warm fühlendes Mädchen, welches schon durch ihre Blicke zu erkennen gibt, was sie meint, wenn sie einem Manne sagt, sie wolle ihn heirathen. Und merke wohl, sie ist auf die Probe gestellt worden. Wenn sie ihn nicht von ganzem Herzen und ganzer Seele liebte, so hätte ihr schon vor Monaten freigestanden, ganz nach Belieben einen Andern zu heirathen. Sie waren schon lange zuvor, ehe der junge Frankland von diesem grausamen Leiden heimgesucht ward, miteinander verlobt, denn die Väter haben seit Jahren als Nachbarn hier nebeneinander gewohnt. Als Leonard blind ward, erbot er in seiner Gewissenhaftigkeit sich sofort, Rosamunde ihres Versprechens zu entbinden. Du hättest den Brief lesen sollen, Phippen, den sie ihm darauf schrieb. Ich gestehe ganz offen, daß ich flennte wie ein altes Weib, als man mir ihn zeigte. Ich würde die jungen Leute sofort, nachdem ich den Brief gelesen, vermählt haben, der alte Frankland aber war ein krittlicher, pedantischer Mann und bestand auf einer Probezeit von sechs Monaten, damit Rosamunde sich überzeugen könne, ob sie ihr eigenes Gemüth auch richtig verstünde. Er starb ehe diese Frist um war und dies war die Ursache, daß die Heirath abermals hinausgeschoben ward. Alle diese Verzögerungen aber äußerten auf Rosamunden keine Einwirkung und sechs Jahre würden sie ebensowenig verändert haben, als dies sechs Monate im Stande gewesen waren. Sie stand dem armen geduldigen Blinden heute morgen noch ebenso zärtlich liebend zur Seite wie an dem ersten Tage ihrer Verlobung. «Du sollst keinen traurigen Augenblick kennen, Lenny, wenn ich es verhindern kann, so lange Du lebst.» Dies waren die ersten Worte, die sie zu ihm sagte, als wir alle aus der Kirche heraustraten. «Ich höre Sie, Rosamunde», sagte ich. «Und Sie sollen auch mein Richter sein, Doctor», sagte sie blitzschnell. «Wir wollen wieder nach Long Beckley kommen und Sie sollen dann Lenny fragen, ob ich nicht mein Wort gehalten habe.» Mit diesen Worten gab sie mir einen Kuß, den Ihr hier in dem Pfarrhause hättet hören können, das gute Mädchen! Wir wollen bei dem Diner ihre Gesundheit trinken, Miß Sturch — wir wollen die Gesundheit beider trinken, Phippen, und zwar in einer Flasche des besten Weins, den ich im Keller habe."

„Was mich betrifft, in einem Glas Wasser, wenn Du es mir erlaubst", sagte Mr. Phippen traurig. „Aber, mein lieber Chennery, als Du von den Vätern dieser beiden interessanten jungen Leute sprachst, sagtest Du, sie hätten seit Jahren hier in Long Beckley als nahe

Nachbarn gelebt. Mein Gedächtniß hat sehr gelitten, dies weiß ich recht wohl, aber ich glaubte, Kapitän Treverton sei der älteste der beiden Brüder und habe, wenn er nicht zur See gewesen, stets in dem alten Familienschlosse in Cornwall gewohnt."

„So lange seine Gattin lebte, war dies allerdings der Fall", entgegnete der Vicar. „Seit ihrem Tode, der schon im Jahre Neunundzwanzig erfolgte — jetzt schreiben wir Vierundvierzig — das macht —"

Der Vicar schwieg einen Augenblick, um nachzurechnen und sah Miß Sturch an.

„Fünfzehn Jahre, Sir", sagte Miß Sturch, indem sie dieses Facit eines kleinen Subtractionsexempels mit ihrem freundlichsten Lächeln darbot.

„Sehr richtig", fuhr Doctor Chennery fort, „seitdem Mistreß Treverton vor fünfzehn Jahren starb, ist der Kapitän dem Schlosse Porthgenna Tower nicht wieder zu nahe gekommen. Und was noch mehr ist, Phippen, bei der ersten Gelegenheit, die sich ihm darbot, verkaufte er es — er verkaufte es mit allem Zubehör, Bergwerk, Fischereien u. s. w. — alles zusammen für vierzigtausend Pfund."

„Wie?" rief Mr. Phippen; „fand er denn die Luft ungesund? Ich sollte meinen, die dortigen Bodenerzeugnisse, insoweit sie als Nahrungsmittel dienen, müßten in jenen rauhen Regionen von ziemlich geringer Art sein. Wer kaufte denn die Besitzung?"

„Leonard Frankland's Vater", sagte der Vicar. „Es ist eine ziemlich lange Geschichte, dieser Verkauf von Porthgenna Tower, und es knüpfen sich einige seltsame

Umstände daran. Wie wäre es, wenn wir einen Gang in den Garten machten, Phippen? Ich will Dir die ganze Geschichte erzählen, während ich meine Morgencigarre rauche. Miß Sturch, wenn Sie mich brauchen, so finden Sie mich unten im Garten. Mädchen, sehet zu, daß Ihr Eure Aufgaben richtig lernt. Bob, vergiß nicht, daß ich in der Hausflur einen Stock stehen und in meinem Ankleidezimmer eine Ruthe hängen habe! Komm, Phippen, erhebe Dich aus diesem Armstuhle. Willst Du denn keinen Spaziergang mit im Garten machen?"

„O ja, mein lieber Freund, das heißt, wenn Du mir freundlichst einen Sonnenschirm leihen und mir erlauben willst, daß ich meinen Feldstuhl in der Hand trage", sagte Mr. Phippen. „Ich bin zu schwach, um die Sonnenhitze zu ertragen, und kann nicht weit gehen ohne mich niederzusetzen. In dem Augenblick, wo ich mich ermüdet fühle, Miß Sturch, schlage ich meinen Feldstuhl auseinander und setze mich nieder, mag es sein wo es wolle, ohne die mindeste Rücksicht darauf, wie es vielleicht aussieht. Ich bin bereit, Chennery, sobald es Dir beliebt — ebenso bereit, mein guter Freund, auf den Spaziergang im Garten als auf die Geschichte wegen des Verkaufs von Porthgenna Tower. Du sagtest, es wäre eine seltsame Geschichte, nicht wahr?"

„Ich sagte, es knüpften sich allerhand seltsame Umstände daran", entgegnete der Vicar, „und wenn Du dieselben gehört haben wirst, so wirst Du, glaube ich, dasselbe sagen. Komm mit, Du findest Deinen Feldstuhl und eine Auswahl von allen Arten Regen- und Sonnenschirmen unten in der Hausflur."

Mit diesen Worten öffnete Doctor Chennery sein Cigarrenetui und ging voran aus dem Frühstückzimmer hinaus.

Viertes Kapitel.

Der Verkauf von Porthgenna Tower.

„Wie reizend! wie ländlich! wie beschwichtigend auf die Nerven!“ sagte Mr. Phippen, indem er mit sentimentalem Blick den Rasenplatz auf der Hinterseite des Pfarrhauses im Schatten des leichtesten Schirmes betrachtete, den er in der Hausflur hatte ausfindig machen können. „Drei Jahre sind vergangen, Chennery, drei leidensvolle Jahre für mich — doch dabei brauchen wir weiter nicht zu verweilen — seitdem ich das letzte Mal auf diesem Rasenplatze stand. Dort ist das Fenster Deines alten Studierzimmers, wo ich das letzte Mal jenen Anfall von Sodbrennen hatte — es war zur Erdbeerzeit, wie Du Dich entsinnen wirst. Ha! und dort ist das Schulzimmer! Könnte ich wohl jemals vergessen, wie diese liebe Miß Sturch aus jenem Zimmer zu mir kam, als hülfreicher Engel — mit Soda und Ingwer — so eifrig und gewissenhaft bedacht, den Trank umzurühren, und so aufrichtig betrübt, daß kein Riechsalz im Hause war! Wie weide ich mich an diesen angenehmen Erinnerungen, Chennery! Dieselben sind für mich ein ebenso großer Luxusgenuß wie Deine Cigarre für Dich. Könntest Du nicht auf der andern Seite gehen, lieber Freund? Ich liebe den Geruch, aber den Rauch kann ich nicht vertragen. Ich danke Dir. Und nun, wie war es mit der Geschichte — der seltsamen Geschichte? Wie hieß das alte Schloß — ich interessire mich ungemein dafür — es fing mit einem P an, nicht wahr?"

„Porthgenna Tower", sagte der Vicar.

„Ganz recht", entgegnete Mr. Phippen, indem er seinen Schirm zärtlich von der einen Schulter auf die andere legte. „Und was um aller Welt willen bewog Kapitän Treverton, dies alte Schloß zu verkaufen?"

„Ich glaube, der Grund war, weil es ihm nach dem Tode seiner Gattin zuwider geworden war", antwortete Doctor Chennery. „Die Besitzung bildet nämlich kein unveräußerliches Familiengrundstück und es machte dem Kapitän daher keine Schwierigkeit, sie zu verkaufen, ausgenommen natürlich insofern, als es ihm schwierig ward, einen Käufer zu finden."

„Warum kaufte sein Bruder sie nicht?" fragte Mr. Phippen. „Warum kaufte unser excentrischer Freund, Andrew Treverton, sie nicht?"

„Nenne ihn nicht unsern Freund", sagte der Vicar. „Das ist ein gemeiner, schmuziger, alter Egoist. Du brauchst nicht den Kopf zu schütteln, Phippen, und Dich zu bemühen, zu thun, als ob meine Worte Dich unangenehm berührten. Ich kenne Andrew Treverton's Jugendgeschichte ebenso gut als Du. Ich weiß, daß er mit der niedrigsten Undankbarkeit und Schurkerei von einem Universitätsfreunde behandelt ward, der ihm Alles nahm, was er zu geben hatte und ihn endlich auf die gröbste Weise betrog. Dies weiß ich alles recht wohl. Ein Beispiel von Undankbarkeit aber berechtigt den Menschen nicht, sich von aller Gesellschaft abzuschließen und von der ganzen Menschheit zu behaupten, sie gereiche der Erde, auf der sie wandelt, zur Schande. Ich selbst habe den alten Isegrimm sagen hören, der größte Wohlthäter unserer Generation wäre ein zweiter Herodes, welcher die zweite Generation verhinderte, auf die erste zu folgen. Kann wohl ein Mann, der auf diese Weise spricht, der Freund irgend eines menschlichen Wesens sein, welches noch die mindeste Achtung vor seinen Mitmenschen oder sich selbst hat?"

„Mein Freund", sagte Mr. Phippen, indem er den Vicar beim Arm faßte und geheimnißvoll die Stimme senkte, „mein lieber und verehrungswürdiger Freund! Ich bewundere Deine ehrliche Entrüstung über den Mann, der diese außerordentlich misanthropische Ansicht ausgesprochen, aber — ich vertraue dies Dir, Chennery, unter der größten Verschwiegenheit an — es gibt Augenblicke — ganz besonders des Morgens, wo meine Verdauung in einem solchen Zustande ist, daß ich jenem vernichtungswüthigen Menschen Andrew Treverton vollständig Recht gegeben habe. Ich bin erwacht und meine Zunge hat ausgesehen wie eine Schlacke — ich bin bis vor den Spiegel gekrochen und habe sie betrachtet — und dann habe ich bei mir selbst gesagt: «Lieber möge das Menschengeschlecht ausgerottet werden als ein solcher Zustand fortdauern.»"

„Ach Unsinn!" rief der Vicar, indem er Mr. Phippen's Geständniß mit einem Ausbruch unehrerbietigen Gelächters aufnahm. „Das nächste Mal, wo Deine Zunge wieder in diesem Zustande ist, trinke ein Glas gutes, frisches Bier und Du wirst beten, daß wenigstens der brauende Theil des Menschengeschlechts noch nicht aussterbe. Doch kehren wir jetzt nach Porthgenna Tower zurück, sonst komme ich mit meiner Geschichte nicht vorwärts. Als Kapitän Treverton einmal den Entschluß gefaßt hatte, die Besitzung zu verkaufen, würde er, wie ich nicht zweifle, unter gewöhnlichen Umständen sie zunächst seinem Bruder, der das mütterliche Vermögen geerbt, angeboten haben, damit sie bei der Familie bliebe. Nicht als ob Andrew in dieser Beziehung zu Hoffnungen berechtigt hätte, denn nie hatte es einen hartnäckigern alten Junggesellen gegeben. Indessen, wie die Dinge damals standen — und wie ich leider sagen muß, auch jetzt noch stehen — konnte der Kapitän seinem Bruder kein persönliches Anerbieten irgend einer Art machen, denn sie sprachen weder miteinander, noch schrieben sie einander, was auch jetzt noch nicht der Fall ist. Es ist traurig, so etwas sagen zu müssen, aber der schlimmste Zwist dieser Art, von dem ich je gehört, ist der Zwist zwischen diesen beiden Brüdern."

„Entschuldige, lieber Freund", sagte Mr Phippen, indem er den Feldstuhl, der bisjetzt an seiner seidenen Quaste baumelnd an dem hakenförmigen Griffe des Sonnenschirms gehangen hatte, auseinander schlug. „Darf ich mich niedersetzen ehe Du weiter erzählst? Dieser

Theil der Geschichte regt mich ein wenig auf und ich darf mich nicht allzusehr anstrengen. Bitte also, erzähle weiter. Ich glaube nicht, daß die Beine meines Feldstuhls Löcher in den Rasen machen werden. Ich bin so leicht — in der That ein pures Gerippe. Also erzähle weiter, ich bitte Dich!"

„Du mußt gehört haben", fuhr der Vicar fort, „daß Kapitän Treverton, als er in schon ziemlich vorgerückten Lebensjahren stand, eine Schauspielerin heirathete. Es war, glaube ich, eine Person von etwas heftiger Gemüthsart, aber von tadellosem Rufe und gegen ihren Gatten so treu und liebend wie eine Frau nur sein konnte. Deshalb war sie meiner Ansicht nach für ihn eine sehr gute Frau und er machte es recht, daß er sie heirathete. Die Verwandten und Freunde des Kapitäns erhoben aber natürlich das gewöhnliche unsinnige Geschrei und der Bruder des Kapitäns stellte sich, als der einzige nahe Verwandte, die Aufgabe, die Heirath auf die anstößigste und unzarteste Art wieder rückgängig zu machen. Da ihm dies nicht gelang und er die arme Frau tödtlich haßte, so verließ er seines Bruders Haus und sagte unter vielen andern Schändlichkeiten der jungen Frau eine ganz besondere nach, welche ich, auf Ehre, mein lieber Phippen, mich schäme zu wiederholen. Wie nun aber seine Worte auch gelautet haben mochten, so wurden sie unglücklicherweise Mistreß Treverton zu Ohren gebracht und waren von der Art, daß keine Frau — am allerwenigsten eine von so heftiger Gemüthsart wie die des Kapitäns — sie jemals verzeihen konnte. Es folgte eine Zusammenkunft zwischen den beiden Brüdern und dieselbe führte, wie Du Dir leicht denken kannst, zu sehr unglücklichen Ergebnissen. Sie schieden auf die beklagenswertheste Weise. Der Kapitän erklärte in der Hitze seiner Leidenschaft, Andrew habe, seitdem er geboren worden, nicht ein einziges edles Gefühl in seinem Herzen gekannt und werde auch ohne eine einzige freundliche Regung gegen irgend eine lebende Seele in der Welt sterben. Andrew entgegnete, wenn er auch kein Herz habe, so habe er doch ein Gedächtniß und er werde sich diese Abschiedsworte merken so lange er lebe. So schieden sie. Zwei Mal that später der Kapitän die ersten Schritte zu einer Aussöhnung. Das erste Mal war, als seine Tochter Rosamunde geboren ward, und das zweite Mal, als seine Gattin starb. Bei jeder dieser beiden Gelegenheiten schrieb der ältere Bruder, wenn der jüngere die abscheulichen Worte, die er gegen seine Schwägerin gesprochen, zurücknehmen wolle, so solle ihm jede Sühne für die unfreundliche Sprache geboten werden, deren sich der Kapitän in der Uebereilung des Zornes bei ihrer letzten Begegnung gegen ihn bedient. Es erfolgte aber auf keinen dieser beiden Briefe eine Antwort von Andrew und die Entfremdung zwischen den beiden Brüdern hat bis auf die gegenwärtige Zeit fortgedauert. Nun weißt Du, warum der Kapitän nicht erst privatim seinen Bruder in Kenntniß setzen und um seine Ansicht befragen konnte, ehe er seine Absicht, Porthgenna Tower zu verkaufen, öffentlich bekannt machte, nicht wahr?“

Obschon Mr. Phippen zur Antwort auf diese Frage erklärte, er verstünde vollkommen, und obschon er auf die höflichste Weise den Vicar bat, weiter zu erzählen, so schien doch seine Aufmerksamkeit für den Augenblick ausschließlich durch die Besichtigung der Beine seines Feldstuhls und die Untersuchung beansprucht zu werden, welchen Eindruck dieselben auf den Rasenplatz des Pfarrhauses machten.

Doctor Chennery's eigenes Interesse an den Umständen, welche er erzählte, schien jedoch hinreichend stark zu sein, um jeden vorübergehenden Mangel an Aufmerksamkeit von Seiten seines Gastes zu ersetzen. Nachdem er einige kräftige Züge an seiner Cigarre gethan, welche, während er sprach, mehrmals in drohender Gefahr geschwebt, auszugehen, fuhr er in seiner Erzählung mit den Worten fort:

„Also das Haus, die Grundstücke, das Bergwerk und die Fischereien von Porthgenna wurden alle einige Monate nach Mistreß Treverton's Tode öffentlich zum Verkauf ausgeboten, aber es gingen keine Gebote auf das Besitzthum ein, welche möglicherweise hätten angenommen werden können. Der verfallene Zustand des Hauses, der schlechte Culturzustand des Feldes, gerichtliche Differenzen wegen des Bergwerks und jedesmal wiederkehrende Schwierigkeiten bei Erhebung der Grundzinsen — alles dies trug dazu bei, Porthgenna zu etwas zu machen, was, wie man bei Auctionen zu sagen pflegt, schwer an den Mann zu bringen ist. Obschon es Kapitän Treverton sonach nicht gelang, das Besitzthum zu verkaufen, so konnte er doch nicht vermocht werden, seinen Entschluß zu ändern und wieder dort zu wohnen. Der Tod seines Weibes brach ihm fast das Herz, denn er hatte sie in jeder Beziehung ebenso sehr geliebt wie sie ihn und schon der Anblick des Ortes, an welchen sich die Erinnerung des größten Kummers seines Lebens knüpfte, ward ihm verhaßt. Er zog daher mit seiner kleinen Tochter und einer Verwandten von Mistreß Treverton, die ihre Gouvernante war, in unsere Nachbarschaft und miethete ein hübsches kleines Landhaus jenseits der Kirchenfelder, nicht weit von dem großen Hause mit der hohen Gartenmauer, welche Du dicht an der Straße nach London bemerkt haben mußt. Dieses Haus ward damals von Leonard Frankland's Aeltern bewohnt. Die neuen Nachbarn wurden sehr bald vertraute Freunde und so geschah es, daß die jungen Leute, welche ich diesen Morgen miteinander vermählt, als Kinder miteinander erzogen wurden und sich in einander verliebten, fast ehe sie noch die Kinderschuhe ausgezogen."

„Chennery, lieber Freund, nicht wahr, ich sehe so aus, als ob ich ganz schief säße, wie?" rief Mr. Phippen, indem er dem Vicar plötzlich mit erschrockenem Blick ins Wort fiel. „Es thut mir leid, Dich zu unterbrechen, aber in der That, Euer Gras ist außerordentlich weich. Eins der Beine meines Feldstuhls wird jeden Augenblick kürzer. Ich bohre ein Loch! Ich purzle! Gütiger Himmel! Ich fühle, wie ich mich auf die Seite neige. Ich falle, Chennery, so wahr ich lebe, ich falle!"

„Unsinn!" rief der Vicar, indem er erst Mr. Phippen und dann Mr. Phippen's Feldstuhl, der sich ganz schief in das Gras hineingebohrt, in die Höhe riß. „Komm hierher auf den Kiesweg; da kannst Du keine Löcher bohren. Was gibt's denn schon wieder?"

„Herzklopfen“, sagte Mr. Phippen, indem er seinen Schirm fallen ließ und die Hand aufs Herz legte, „und Galle. Ich sehe wieder diese schwarzen Punkte — diese höllischen schwarzen Punkte, welche vor meinen Augen herumtanzen. Chennery, wie wäre es, wenn Du einen landwirthschaftlichen Freund über die Qualität Deines Grases zu Rathe zögst. Ich gebe Dir mein Wort, Dein Rasenplatz ist weicher als er sein sollte. — Rasenplatz!“ wiederholte Mr. Phippen verächtlich bei sich selbst, indem er sich herumdrehte, um seinen Schirm aufzuheben. „Es ist kein Rasenplatz — es ist ein Sumpf.“

„Na, setz' Dich nun wieder nieder“, sagte der Vicar, „und thue dem Herzklopfen und den schwarzen Punkten nicht die Liebe an, ihnen auch nur die mindeste Aufmerksamkeit zu widmen. Wünschest Du etwas zu trinken? Arzenei oder Bier, oder sonst etwas?“

„Nein, nein! ich mache nicht gern Mühe“, antwortete Mr. Phippen. „Lieber leide ich — lieber entbehre ich. Ich glaube, wenn Du in Deiner Geschichte weiter fortführest, so würde mich das beruhigen. Ich weiß nicht mehr recht, wie Du darauf zu sprechen kamst, aber ich glaube, Du sagtest etwas sehr Interessantes in Bezug auf Kinderschuhe.“

„Unsinn!“ rief Doctor Chennery. „Ich sprach blos von der Liebe zwischen den beiden Kindern, welche jetzt zu Mann und Frau herangewachsen sind, und ich wollte Dir eben erzählen, daß Kapitän Treverton kurz nachdem er sich in unsere Nachbarschaft niedergelassen, sich wieder der thätigen Ausübung seines Berufs zuwendete. Nichts anderes schien im Stande zu sein, die Kluft auszufüllen, welche der Verlust seiner Gattin in sein Leben gerissen. Da er bei der Admiralität sehr gut steht, so kann er stets ein Schiff bekommen, wenn er um eins nachsucht, und bis zur gegenwärtigen Zeit ist er mit einigen Zwischenzeiten, die er am Lande verlebt, fast immer zur See gewesen, obschon er, wie seine Tochter und seine Freunde meinen, nun ein wenig zu alt dazu wird. Zieh nur kein solches Gesicht, Phippen — ich schweife nicht so weit von der Sache ab wie Du glaubst. Es sind dies einige der nothwendigen Einzelheiten, welche vorausgeschickt werden müssen. Und nun, nachdem ich mich derselben in aller Gemächlichkeit entledigt habe, komme ich endlich auf den Haupttheil meiner Geschichte — den Verkauf von Porthgenna Tower. — Was gibt's denn? Willst Du wieder aufstehen?"

Ja, Mr. Phippen wünschte wirklich wieder aufzustehen, denn er war der Meinung, das beste Mittel, das Herzklopfen zu beschwichtigen und die schwarzen Punkte zu zerstreuen, wäre ein wenig Bewegung. Er wollte durchaus keine Mühe verursachen, fragte aber, ob sein würdiger Freund Chennery, ehe er in seiner so höchst interessanten Geschichte weiter fortführe, ihm den Arm geben, den Feldstuhl tragen und langsam mit ihm nach der Richtung des Schulzimmerfensters gehen wollte, um Miß Sturch mit Bequemlichkeit rufen zu können, im Fall es nöthig würde, das letzte Mittel zu versuchen und einen niederschlagenden Trank zu nehmen.

Der Vicar, dessen unerschöpfliche Gutmüthigkeit jeder Probe, auf welche Mr. Phippen's Verdauungsbeschwerden sie stellen konnten, gewachsen war, fügte sich in alle diese

Zumuthungen und fuhr mit seiner Geschichte fort, indem er, ohne es zu wissen, den Ton und die Haltung eines gutmüthigen Vaters annahm, der sein Möglichstes thut, um ein launenhaftes, eigensinniges Kind zufrieden zu stellen.

„Ich sagte Dir", hob er wieder an, „daß der ältere Mr. Frankland und Kapitän Treverton hier nahe Nachbarn waren. Sie waren noch nicht lange miteinander bekannt, als der erstere von dem letzteren erfuhr, daß Porthgenna Tower zu verkaufen stünde. Als der alte Frankland dies zum ersten Mal hörte, that er einige Fragen in Bezug auf die Besitzung, sagte aber kein Wort davon, daß er sie kaufen wollte. Bald darauf bekam der Kapitän ein Schiff und ging in See. Während seiner Abwesenheit reiste der alte Frankland im Stillen nach Cornwall, um die Besitzung in Augenschein zu nehmen und von den mit der Aufsicht über das Schloß und die Ländereien beauftragten Personen so viel als möglich über die Vorzüge und Mängel des Ganzen zu erfahren. Als er wieder kam, sagte er nichts, als bis Kapitän Treverton von seiner Seereise zurückkehrte, und dann ging der alte Herr eines Morgens in seiner ruhigen, entschiedenen Weise mit der Sprache heraus.

„«Treverton», sagte er, «wenn Sie Porthgenna Tower zu dem Preise verkaufen wollen, zu welchem Sie es selbst wieder erstanden, als Sie es auf dem Wege der Versteigerung zu veräußern suchten, so schreiben Sie an Ihren Anwalt und sagen Sie ihm, er solle die Besitzurkunden zu dem meinigen tragen und sich von diesem die Kaufsumme auszahlen lassen.»

„Kapitän Treverton ward natürlich durch dies unvermuthete Anerbieten ein wenig überrascht, andere Leute aber, die, wie ich, die Geschichte des alten Frankland kannten, wunderten sich nicht so sehr darüber. Er hatte sein Vermögen durch Handelsgeschäfte erworben, war aber thöricht genug, sich dieser einfachen und ihm zur Ehre gereichenden Thatsache zu schämen. Seine Ahnen waren nämlich vor der Zeit des Bürgerkriegs Rittergutsbesitzer von ziemlicher Bedeutung gewesen und der große Ehrgeiz des alten Herrn bestand darin, den Kaufmann in dem Landedelmann untergehen und seinen Sohn ihm in der Eigenschaft des Squire eines großen Landgutes, welches ihm bedeutendes Ansehen in der Grafschaft gewährte, folgen zu lassen. Er war bereit, die Hälfte seines Vermögens der Ausführung dieses großen Plans zu widmen; diese Hälfte seines Vermögens aber reichte nicht hin, um ein Gut, wie er es haben wollte, in einem wichtigen landwirthschaftlichen Districte wie der unserige ist zu kaufen. Die Grundzinsen sind hier hoch und dem Land wird bei uns der größtmögliche Ertrag abgewonnen. Eine Besitzung von dem Umfange wie Schloß Porthgenna würde, wenn sie hier läge, das Doppelte der Summe werth sein, welche Kapitän Treverton dafür verlangen konnte. Der alte Frankland wußte dies recht wohl und legte alle mögliche Wichtigkeit darauf. Uebrigens lag in der mittelalterlichen Erscheinung von Porthgenna Tower und in dem Recht über das Bergwerk und die Fischereien, welches in den Ankauf der Besitzung eingeschlossen war, etwas, was seinen Begriffen von Wiederherstellung des alten Glanzes seiner Familie schmeichelte. Hier konnte er und sein Sohn nach ihm, wie er glaubte, den Gutsherrn nach großem Maßstabe spielen und nach seinem souverainen Willen und Belieben den Fleiß von Hunderten armer Leute dirigiren, die zerstreut die Küste entlang wohnten oder in den kleinen Binnendörfern beisammenhockten. Dies war eine sehr verführerische Aussicht und die Sache konnte für vierzigtausend Pfund realisirt werden, was gerade zehntausend Pfund weniger war, wie er sich vorgenommen daran zu wenden als er zuerst beschlossen hatte, sich aus einem schlichten Kaufmann in einen hochtrabenden Landedelmann zu verwandeln. Leute, welche diese Thatsachen kannten, wunderten sich, wie ich gesagt habe, nicht sehr über Mr. Frankland's Bereitwilligkeit, Porthgenna Tower zu kaufen, und Kapitän Treverton säumte, wie kaum erwähnt zu werden braucht, nicht, den Kauf seinerseits festzumachen. Die Besitzung wechselte den Herrn und der alte Frankland begab sich mit einem Gefolge von klugen Leuten aus London an Ort und Stelle, um das Bergwerk und die Fischereien nach neuen wissenschaftlichen Principien zu betreiben und das alte Haus von oben bis unten mit funkelnagelneuen, mittelalterlichen Decorationen unter der Leitung eines Herrn zu verschönen, welcher, wie man sagte, ein Architekt war, aber nach meiner Meinung einem verkleideten katholischen Pfaffen täuschend ähnlich sah. Wundervolle Pläne und Entwürfe, nicht wahr? Und wie glaubst Du wohl, wie sie ausschlugen?"

„O, erzähle mir das, lieber Freund!" war die Antwort, die Mr. Phippen's Lippen entfiel. „Ich möchte wissen, ob Miß Sturch eine Flasche Kamphertinctur in ihrer Hausapotheke hätte", war der Gedanke, welcher Mr. Phippen's Gemüth beschäftigte.

„Ich soll es Dir erzählen!" rief der Vicar. „Nun, natürlich erwiesen sich alle Pläne des alten Mr. Frankland als vollkommen verfehlt. Seine Gutsunterthanen betrachteten ihn als einen Emporkömmling. Das Alter seiner Familie machte keinen Eindruck auf sie. Es konnte eine alte Familie sein, aber es war doch keine cornische Familie und deshalb besaß sie in ihren Augen keine Bedeutung. Für Treverton's wären sie bis ans Ende der Welt gegangen, für die Frankland's wollte keiner auch nur einen Schritt von seinem Wege abweichen. Was das Bergwerk betraf, so schien es von demselben meuterischen Geist beseelt zu sein, welcher sich der Pächter bemächtigt hatte. Die klugen Leute von London, die nach allen Richtungen hin nach den gelehrtesten wissenschaftlichen Principien zu Werke gingen, brachten auf je fünf Pfund, die sie hineinwendeten, ungefähr für sechs Pence Erz heraus. Mit den Fischereien war es nicht viel besser. Ein neues System, Häringe zu trocknen, welches in der Theorie ein Wunder von Ersparniß war, erwies sich in der Praxis als ein förmliches Phänomen von Verschwendung. Der einzige glückliche Umstand unter diesen zahlreichen unglücklichen war der, daß der alte Frankland sich noch rechtzeitig mit dem mittelalterlichen Architekten veruneinigte, der wie ein verkleideter katholischer Pfaffe aussah. Dieses glückliche Ereigniß ersparte dem neuen Besitzer von Porthgenna all das Geld, welches er außerdem auf das Restauriren und Neudecoriren der ganzen Reihe von Zimmern auf der nördlichen Seite des Hauses verwendet haben würde, die seit länger als fünfzig Jahren sich selbst und dem Verfall anheimgegeben gewesen und die noch bis auf den heutigen Tag sich in diesem alten vernachlässigten Zustand befinden. Um die Sache kurz zu machen, nachdem der alte Frankland in Porthgenna mehr Tausende von Pfunden nutzlos ausgegeben, als ich Lust habe zusammenzurechnen, gab er seine Pläne endlich auf, überließ den Ort ärgerlich der Obhut seines Castellans, welchem er ausdrücklich befahl, nie wieder einen Heller hineinzuwenden, und kehrt ein unsere Gegend zurück. Da er sehr ärgerlich war und, als er hierher zurückkam, Kapitän Treverton zufällig am Lande antraf, so war das Erste, was er that, das, daß er in Gegenwart des Kapitäns ein wenig zu heftig auf Porthgenna und alle Leute dort schimpfte. Dies führte zu einer kühlen Stimmung zwischen den beiden Nachbarn, die vielleicht zum Abbruch alles Verkehrs geführt haben würde, wenn nicht die Kinder auf beiden Seiten gewesen wären, die einander noch ebenso oft sprachen als vorher und zuletzt durch hartnäckige Ausdauer der Entfremdung zwischen ihren Vätern ein Ende machten indem sie dieselbe einfach in ein lächerliches Licht stellten. Dies ist meiner Meinung nach der merkwürdigste Theil der Geschichte. Wichtige Familieninteressen hingen davon ab, daß diese beiden jungen Leute sich ineinander verliebten und wunderbarerweise war dies — wie Du durch mein Geständniß am Frühstückstische bereits erfahren — auch gerade das, was sie thaten. Wir haben hier einen Fall von höchst romantischer Liebesheirath, die auch zugleich von allen andern gerade die Heirath ist, welche die Aeltern auf beiden

Seiten das größte materielle Interesse hatten zu fördern. Shakspeare kann sagen, was er will — die Bahn treuer Liebe ist zuweilen doch glatt. Niemals ward die Trauformel in besserer Anwendung gesprochen als da ich sie diesen Morgen las. Da Leonard der Erbe von Porthgenna ist, so kehrt die Tochter des Kapitäns nun als Herrin in die Besitzung zurück, welche ihr Vater verkauft hatte. Da Rosamunde das einzige Kind ihres Vaters ist, so ist die Kaufsumme für Porthgenna, welche der alte Frankland früher als weggeworfenes Geld betrachtete, nun, wenn der Kapitän stirbt, die Aussteuer der Gattin des jungen Frankland. Ich weiß nicht, was Du von dem Anfang und der Mitte meiner Geschichte denkst, Phippen, das Ende aber muß Dich jedenfalls zufriedenstellen. Hörtest Du wohl jemals von einer Braut und einem Bräutigam, welche ihre Ehe mit schöneren Aussichten fürs Leben begannen, als unsere Braut und unser Bräutigam von heute?“

Ehe Mr. Phippen hierauf etwas antworten konnte, steckte Miß Sturch den Kopf aus dem Schulzimmerfenster heraus, und als sie die beiden Herren sich nähern sah, ließ sie ihnen ihr unabänderliches Lächeln entgegenstrahlen; dann sagte sie, den Vicar anredend, in ihrem sanftesten Tone:

„Es thut mir außerordentlich leid, Sie zu belästigen, Herr Doctor, aber Robert kommt diesen Morgen mit seinem Einmaleins auch gar nicht von der Stelle.“

„Wie weit ist er denn jetzt?“ fragte Doctor Chennery.

„Bis sieben mal acht, Sir“, entgegnete Miß Sturch.

„Bob!“ schrie der Vicar durch das Fenster. „Sieben mal acht?“

„Ist dreiundvierzig“, antwortete die weinerliche Stimme des unsichtbaren Bob.

„Noch einmal sollst Du antworten dürfen, ehe ich meinen Stock hole“, sagte Doctor Chennery. „Also, aufgepaßt — sieben mal —“

„Mein lieber, guter Freund“, mischte Phippen sich ein, „wenn Du diesen unglücklichen Knaben schlägst, so wird er schreien. Meine Nerven sind heute Morgen schon einmal durch den Feldstuhl angegriffen worden — wenn ich nun auch noch schreien höre, so ist es vollends aus mit mir. Laß mir Zeit mich erst zu entfernen, und gestatte mir auch der lieben Miß Sturch das traurige Schauspiel einer Züchtigung, welches für ein so empfindsames Herz wie das ihrige furchtbar sein muß, dadurch zu ersparen, daß ich sie um ein wenig Kamphertinctur bitte und ihr dadurch einen Vorwand verschaffe, sich gleich mir auf die Seite zu begeben. Ich glaube, ich hätte unter andern Umständen mich auch ohne Kamphertinctur behelfen können, jetzt aber bitte ich ohne Zögern darum, sowol um Miß Sturch's willen, als auch um meiner eigenen armen Nerven willen. Haben Sie Kamphertinctur, Miß Sturch? Sagen Sie ja; ich bitte Sie flehentlich darum, und geben Sie mir dadurch Gelegenheit, Sie aus dem Bereich des Geschreies hinauszuescortiren.“

Während Miß Sturch — deren wohlgeschultes Herz für die reichlichste väterliche Tracht Prügel und das lauteste kindliche Anerkenntniß derselben durch Gekreisch unverwundbar war — lächelnd und gefaßt wie immer die Treppe hinaufeilte, um die Kamphertinctur zu holen, schlich sich Master Bob, als er sich mit seinen Schwestern in dem Schulzimmer allein sah, an die jüngste derselben, brachte aus seiner Hosentasche drei ein wenig unsauber gewordene Bonbons und bat, indem er Miß Amely bei der schwachen oder naschhaften Seite ihres Charakters angriff, ihr listigerweise diese Bonbons, wenn sie ihm dagegen eine vertrauliche Belehrung in Bezug auf sieben mal acht angedeihen lassen wollte.

„Willst Du diese Bonbons?“ flüsterte Bob.

„Ei ja!“ antwortete Amely.

„Sieben mal acht?“ fragte Bob.

„Ist sechsundfünfzig“, antwortete Amely.

„Ist das auch wahr?“ fragte Bob vorsichtig.

„Ja wohl“, betheuerte Amely.

Die Bonbons wechselten den Besitzer und die Katastrophe des häuslichen Dramas wechselte damit zugleich.

Gerade als Miß Sturch mit der Kamphertinctur in der Eigenschaft einer medicinischen Hebe für Mr. Phippen erschien, zeigte sich ihr ungelehriger Schüler seinem Vater am Schulzimmerfenster in der Eigenschaft eines gebesserten Sohnes, nämlich arithmetisch gesprochen. Der Stock blieb für diesen Tag in Ruhe und Mr. Phippen trank sein Glas Kamphertinctur mit einem Gemüth, welches in Bezug auf Miß Sturch's empfindsames Herz und Master Bob's Geschrei nun vollkommen wieder beruhigt war.

„Sehr angenehm in jeder Beziehung“, sagte der Märtyrer der Unverdaulichkeit, indem er die letzten Tropfen ausschlürfend, wohlgefällig mit den Lippen schmatzte.

„Meine Nerven bleiben verschont, Miß Sturch's empfindsames Herz bleibt verschont und der Rücken des armen Knaben bleibt ebenfalls verschont. Du kannst Dir nicht denken, wie leicht es mir ums Herz ist, Chennery. Wo waren wir denn in der allerliebsten Geschichte stehen geblieben, als diese kleine häusliche Unterbrechung eintrat?"

„Wir waren damit zu Ende", sagte der Vicar. „Die Braut und der Bräutigam sind nun schon mehrere Meilen unterwegs, um die Flitterwochen in dem Seebad St. Swithin zuzubringen. Kapitän Treverton wird ebenfalls nur noch einen Tag dableiben. Vergangenen Montag erhielt er Ordre unter Segel zu gehen und morgen reist er nach Portsmouth, um das Commando seines Schiffes zu übernehmen. Obschon er es nicht mit dürren Worten zugestehen will, so weiß ich doch zufällig, daß Rosamunde ihn überredet hat, diese Reise seine letzte sein zu lassen. Sie beabsichtigt ihn wieder nach Porthgenna zu locken, damit er dort bei ihr und ihrem Gatten lebe — ein Plan, von dem ich hoffe und glaube, daß er in Erfüllung gehen werde. Die westlichen Zimmer des alten Hauses, in deren einem Mistreß Treverton starb, sollen von dem jungen Ehepaar gar nicht in Gebrauch genommen werden. Man hat einen Baumeister — diesmal einen verständigen praktischen Mann — beauftragt, die vernachlässigten Nordzimmer zu besichtigen, um sie vielleicht gründlich wieder in Stand zu setzen und neu zu decoriren. Dieser Theil des Hauses steht mit den traurigen Erinnerungen in Kapitän Treverton's Gemüth in keinem Zusammenhang, denn weder er noch sonst jemand hat ihn während der Zeit seines Verweilens in

Porthgenna jemals betreten. In Erwägung der Veränderung, welche diese Reparatur der nördlichen Zimmer im Ansehen des Hauses hervorbringen wird und wenn man dabei noch die mildernde Einwirkung der Zeit auf alle schmerzlichen Erinnerungen in Anschlag bringt, möchte ich sagen, es ließe sich mit Grund erwarten, daß Kapitän Treverton den Rest seiner Tage unter seinen alten Gutsunterthanen verleben werde. Es wäre ein großes Glück für Leonard Frankland, wenn er dies thäte, denn ganz gewiß würde er den Leuten von Porthgenna eine freundliche Gesinnung gegen ihren neuen Herrn beibringen. Wenn Leonard unter Kapitän Treverton's Fittichen bei seinen cornischen Unterthanen eingeführt wird, so kann er sicher sein, gut mit ihnen auszukommen, vorausgesetzt, daß er sich enthält, den Familienstolz, den er von seinem Vater geerbt, allzuviel zu zeigen. Er ist ein wenig geneigt, die Vorzüge der Geburt und die Wichtigkeit des Ranges zu überschätzen. Dies ist aber wirklich der einzige bemerkbare Mangel in seinem Charakter. In allen andern Beziehungen kann ich redlich von ihm sagen, daß er verdient, was er bekommen hat — die beste Frau von der Welt. Welch ein wonniges Leben, Phippen, scheint diese glücklichen jungen Leute zu erwarten! Es ist kühn, von menschlichen Geschöpfen so etwas zu sagen, aber ich mag sehen soweit ich will, so kann ich an dem Himmel ihrer Zukunft keine Wolke entdecken."

„Du vortrefflicher, guter Mann!" rief Mr. Phippen, indem er den Vicar liebevoll die Hand drückte. „Welch ein Genuß für mich, Dich zu hören! Wie schwelge ich in Deiner sonnigen Lebensanschauung!"

„Und ist es nicht die richtige — besonders was den jungen Frankland und seine Gattin betrifft?“ fragte der Vicar.

„Wenn Du mich fragst“, sagte Mr. Phippen mit wehmüthigem Lächeln und einer philosophischen Ruhe in seinem Wesen, „so kann ich blos antworten, daß die Richtung der speculativen Ansichten des Menschen — um nicht allzugenau auf die Sache einzugehen — von dem Zustande seiner Absonderungen abhängt. Deine Gallenabsonderungen, lieber Freund, sind in Ordnung und deshalb betrachtest Du alles von der hellen Seite; meine Gallenabsonderungen dagegen sind völlig unregelmäßig und deshalb betrachte ich die Dinge von der dunkeln Seite. Du betrachtest die künftigen Aussichten dieses neuvermählten Paares und sagst, Du könntest keine Wolke darin entdecken. Ich will diese Behauptung auch durchaus nicht bestreiten, denn ich habe nicht das Vergnügen, die Braut und den Bräutigam zu kennen. Ich blicke aber zu dem Himmel über unsern eigenen Häuptern auf — ich erinnere mich, daß als wir den Garten zuerst betraten, keine Wolke daran sichtbar war — und jetzt sehe ich, gerade über jenen zwei Bäumen, die so dicht beisammen stehen, eine Wolke, die ganz unerwartet zum Vorschein gekommen ist, niemand weiß woher — und ich ziehe meine eigenen Schlüsse.“

Dies sagte Mr. Phippen, indem er, um sich wieder in das Haus hineinzubegeben, die Gartentreppe hinaufging.

„Dies ist *meine* Philosophie“, fuhr er fort. „Sie hat vielleicht einen Anflug von Galle, aber nichtsdestoweniger ist es Philosophie.“

„Alle Philosophie der Welt“, sagte der Vicar, indem er seinem Gast die Stufen hinauffolgte, „ist nicht im Stande, meine Ueberzeugung zu erschüttern, daß Leonard Frankland und seine junge Gattin eine glückliche Zukunft vor sich haben.“

Mr. Phippen lachte, und indem er auf den Stufen wartete, bis sein Wirth ihn eingeholt hatte, nahm er auf die freundlichste Weise diesen beim Arm.

„Du hast eine allerliebste Geschichte erzählt, Chennery“, sagte er, „und dieselbe mit einer allerliebsten Ansicht beendet. Aber, lieber Freund, obschon Dein gesundes Gemüth unter dem Einfluß einer beneidenswerth leichten Verdauung meine gallsüchtige Philosophie verachtet, so vergiß doch nicht ganz die Wolke über den beiden Bäumen. Schau jetzt einmal hin — sie wird schon dunkler und größer!“

Fünftes Kapitel.

Die Neuvermählten.

Unter dem Dach einer verwitweten Mutter lebte Miß Mowlem bescheiden in dem kleinen Seebadeorte St. Swithin's-on-Sea. Im Frühling des Jahres 1844 ward das Herz der verwitweten Mutter noch in ihrem Alter durch ein kleines Erbtheil erfreut. Die verschiedenen Zwecke, zu welchem das Geld verwendet werden konnte, reiflich überlegend, beschloß die umsichtige alte Dame endlich, es in Möbels anzulegen, damit das erste und zweite Stockwerk ihres Hauses möglichst geschmackvoll auszustatten und dann einen Zettel an das Wohnzimmerfenster zu hängen, um dem Publikum kundzuthun, daß sie möblirte Zimmer zu vermiethen habe.

Bis zum Sommer waren die Zimmer in Stand und der Zettel ward ausgehängt. Kaum war eine Woche vergangen, so erschien ein würdevoller schwarzgekleideter Mann, um die Zimmer in Augenschein zu nehmen, erklärte sich durch das Aussehen derselben zufriedengestellt und miethete sie auf einen Monat gewiß für eine neuvermählte junge Herrschaft, welche wahrscheinlich in einigen Tagen Besitz davon nehmen würde.

Der würdevolle schwarzgekleidete Mann war Kapitän Treverton's Diener und die junge Herrschaft, welche auch in der angegebenen Zeit sich einfand, um Besitz zu nehmen, war Mr. und Mistreß Frankland.

Das mütterliche Interesse, welches Mistreß Mowlem an ihren jugendlichen ersten Miethsleuten nahm, war nothwendig von sehr lebhafter Beschaffenheit, aber es war Apathie zu nennen im Vergleich mit dem sentimentalen Interesse, welches ihre Tochter daran fand, das Benehmen und Wesen der jungen Dame und des jungen Herrn in ihrer Eigenschaft als Neuvermählte zu beobachten.

Von dem Augenblick an, wo Mr. und Mistreß Frankland das Haus betraten, begann Miß Mowlem sie mit dem ganzen Eifer eines fleißigen Schülers zu studiren, der einen neuen Zweig des Wissens in Angriff nimmt. In jedem ihr während des Tages übrig bleibenden Augenblick beschäftigte diese betriebsame und wißbegierige junge Dame sich damit, daß sie sich die Treppe hinaufstahl, um Beobachtungen zu sammeln, und dann wieder herunterlief, um sie ihrer Mutter mitzutheilen.

Als das neuvermählte Paar eine Woche im Hause war, hatte Miß Mowlem schon so guten Gebrauch von ihren Augen, Ohren und Gelegenheiten gemacht, daß sie mit der Wahrhaftigkeit und Genauigkeit des berühmtesten Memoirenschreibers ein Buch über diese sieben Tage zu schreiben im Stande gewesen wäre.

Wir mögen jedoch lernen so viel wir wollen, so sehen wir doch, daß je länger wir leben, es desto mehr zu lernen gibt. Sieben Tage geduldiger Ansammlung von Thatsachen in Bezug auf die Flitterwochen hatten Miß Mowlem noch bei weitem nicht über das Bereich weiterer Entdeckungen hinausversetzt.

Am Morgen des achten Tages, nachdem sie das Frühstückgeschirr heruntergeholt, stahl sich die neugierige Beobachterin ihrer Gewohnheit gemäß wieder hinauf, um mittelst des Schlüsselloch-Kanals der Salonthür an der Quelle der Erkenntniß zu trinken. Nach einer Abwesenheit von fünf Minuten kam sie athemlos vor Aufregung wieder in die Küche hinunter, um in Bezug auf Mr. und Mistreß Frankland ihrer ehrwürdigen Mutter eine neue Entdeckung mitzutheilen.

„Was glaubst Du wohl, was sie jetzt macht?“ rief Miß Mowlem mit weit geöffneten Augen und hoch emporgehobenen Händen.

„Nichts Nützliches wahrscheinlich“, antwortete Mistreß Mowlem mit sarkastischer Schnelligkeit.

„Sie sitzt ihm wirklich und wahrhaftig auf dem Knie! Mutter, saßest Du jemals auf meines Vaters Knie, als Ihr nicht längst erst vermählet wart?“

„O bewahre, liebes Kind! Als ich mit Deinem armen seligen Vater verheirathet ward, waren wir keins von uns noch flatterhafte junge Leute, sondern hatten schon mehr Verstand.“

„Sie hat ihren Kopf auf seine Schulter gelegt“, fuhr Miß Mowlem immer aufgeregter fort, „und ihre Arme um seinen Hals geschlungen — beide Arme, Mutter, so fest als nur möglich.“

„Das glaube ich nicht!“ rief Mistreß Mowlem entrüstet. „Eine solche Dame, welche Reichthum, Bildung und alles Mögliche besitzt, sollte sich betragen wie eine Hausmagd mit ihrem Schatz! Sage mir nicht so etwas — ich glaube es nicht.“

Trotzdem aber beruhete die Sache vollkommen in Wahrheit. Es gab eine Menge Stühle in Mistreß Mowlem's Salon; es lagen drei wunderschön gebundene Bücher auf dem runden, blankpolirten Tische darin — die Alterthümer von St. Swithin, Smallridge's Predigten und Klopstock's Messias in englischer Prosa — Mistreß Frankland hätte auf purpurrothem Saffian mit dem besten Roßhaar gepolstert sitzen und ihren Geist durch archäologische Studien, durch orthodoxe inländische Theologie oder durch fromme Poesie ausländischen Ursprungs belehren und unterhalten können — aber dennoch — so frivol ist die Natur der Frauen — huldigte sie so verkehrten Ansichten, daß sie lieber nichts machte und sich unbequem auf die Knie ihres Gatten pflanzte!

Sie saß eine Zeitlang in der durchaus nicht würdevollen Stellung, welche Miß Mowlem ihrer Mutter mit so graphischer Genauigkeit geschildert hatte, lehnte sich dann ein wenig zurück, richtete den Kopf empor und schauete aufmerksam in das ruhige nachdenkliche Gesicht des Blinden.

„Lenny, Du bist heute Morgen sehr schweigsam“, sagte sie. „Woran denkst Du? Wenn Du mir alle Deine Gedanken erzählen willst, so will ich Dir auch alle die meinigen mittheilen.“

„Würde Dir wirklich etwas daran liegen, alle meine Gedanken zu hören?“ fragte Leonard.

„Ja, alle. Ich werde eifersüchtig sein auf jeden Gedanken, den Du für Dich behältst. Sage mir, woran Du jetzt eben dachtest. An mich?“

„Nein, an Dich gerade nicht.“

„Das gereicht Dir eben nicht zur Ehre. Bist Du in acht Tagen schon meiner überdrüssig? Ich meinestheils habe seitdem wir hier sind noch an keinen Menschen weiter gedacht als an Dich. Ah, Du lachst! O Lenny, ich liebe Dich so sehr — wie kann ich an Jemand anders denken als an Dich? Nein, ich werde Dich nicht küssen. Erst muß ich wissen, woran Du jetzt dachtest.“

„An einen Traum, Rosamunde, den ich vorige Nacht hatte. Seit den ersten Tagen meiner Blindheit — nun, ich dachte, Du wolltest mich nicht eher wieder küssen, als bis ich Dir gesagt hätte, woran ich gedacht?“

„Ich kann nicht umhin Dich zu küssen, Lenny, wenn Du von dem Verlust Deines Augenlichts sprichst. Sage mir, mein armer Junge, helfe ich Dir diesen Verlust ersetzen? Bist Du glücklicher als Du sonst zu sein pflegtest und habe ich einigen Antheil am Schaffen dieses Glückes, sei er auch noch so gering?“

Sie wendete, indem sie dies sagte, das Gesicht hinweg, aber Leonard war ihr zu rasch. Seine forschenden Finger berührten ihre Wange.

„Rosamunde, Du weinst!“ sagte er.

„Ich sollte weinen?“ antwortete sie mit plötzlich erheuchelter Heiterkeit. „Nein“, fuhr sie nach einer augenblicklichen Pause fort, „ich will Dich niemals täuschen, Geliebter, auch nicht in der unbedeutendsten Kleinigkeit. Meine Augen dienen jetzt uns beiden, nicht wahr? Du verlässest Dich in Bezug auf alles, was Dein Gefühlssinn Dir nicht sagen kann, auf mich und ich darf mich des Vertrauens nicht unwürdig machen, nicht wahr nicht? Ja, ich weinte wirklich, Lenny, aber nur ein ganz klein wenig. Ich weiß nicht, wie es kam, aber es war mir auf einmal, als hätte ich Dich in meinem ganzen Leben noch nie so bemitleidet wie gerade in diesem Augenblick. Doch laß dies nur gut sein — ich bin nun fertig. Erzähle weiter — Du wolltest mir etwas mittheilen."

„Ich wollte sagen, Rosamunde, daß ich, seitdem ich das Augenlicht verloren, einen seltsamen Umstand an mir bemerkt habe. Ich träume sehr viel, aber ich träume niemals von mir als einem Blinden. Ich besuche in meinen Träumen oft Orte, die ich gesehen, und Leute, die ich kannte als ich mein Gesicht noch hatte, und obschon ich während dieser Träume mich meiner ebenso selbst bewußt fühle, wie wenn ich vollkommen munter und wach bin, so fühle ich mich doch niemals blind. Ich wandere in meinem Schlafe an allen Orten, die ich sonst besucht, umher, ohne daß ich den Weg durch Tasten zu suchen brauche. Ich spreche im Schlafe mit einer Menge alter Freunde und sehe den Ausdruck ihres Gesichts, welchen ich als Wachender niemals wiedersehen werde. Es ist nun über ein Jahr her, daß ich das Gesicht verloren und dennoch war es mir wie der erschütternde Schlag einer neuen Entdeckung, als ich vergangene Nacht aus meinem Traume erwachte und mich plötzlich besann, daß ich blind war."

„Was für ein Traum war es, Lenny?"

„Nur ein Traum von dem Orte, wo ich Dich das erste Mal sah, als wir beide noch Kinder waren. Ich sah die Waldwiese wie sie vor Jahren war, mit ihren knorrigen Wurzeln und den sich um sie herumrankenden Heidelbeerbüschen, in einem noch schattigen Lichte, welches von dem regnerischen Himmel durch dichtes Laub fiel. Ich sah den Schlamm auf dem Wege in der Mitte der Waldwiese mit den Spuren von den Hufen der Kühe an manchen Stellen und den scharf eingedrückten Ringen an andern, wo die Bäuerinnen kurz zuvor in ihren Holzschuhen vorübergetratscht waren. Ich sah das schmuzige Wasser zu beiden Seiten des Fußweges nach dem Regen ablaufen und ich sah Dich, Rosamunde, als wildes ungezogenes Mädchen, über und über mit Schmuz bedeckt — gerade wie Du damals wirklich warst — während Du Dein schönes blaues Ueberröckchen und Deine hübschen kleinen feisten Hände beschmuztest, indem Du einen Damm machtest, um das laufende Wasser aufzuhalten und über die Entrüstung Deiner Wärterin lachtest, als sie versuchte Dich hinwegzuziehen und nach Hause zu führen. Alles dies sah ich, gerade so wie es zu jener Zeit wirklich war, seltsamerweise aber sah ich mich selbst nicht als den Knaben, der ich damals war. Du warst ein kleines Mädchen und die Waldwiese befand sich in ihrem alten vernachlässigten Zustande, und dennoch, obschon ich ganz in der so fernen Vergangenheit war, befand ich mich doch, was mich selbst betraf, in der Gegenwart. Während des ganzen Traums war ich mir unbehaglich bewußt, ein erwachsener Mann, mit einem Worte genau das zu sein, was ich jetzt bin, nur mit der Ausnahme, daß ich nicht blind war.“

„Was für ein Gedächtniß mußt Du haben, Geliebter, daß Du Dir alle diese kleinen Umstände nach den Jahren, welche seit jenem nassen Tage auf der Waldwiese vergangen sind, in die Erinnerung zurückrufen kannst! Wie gut weißt Du, was ich als Kind war! Erinnerst Du Dich auch noch ebenso lebhaft, wie ich vor einem Jahre aussah, als Du mich — o Lenny, es bricht mir fast das Herz, wenn ich daran denke — als Du mich zum letzten Male sahst?“

„Ob ich mich dessen entsinne, Rosamunde? Mein letzter Blick auf Dein Antlitz hat Dein Bildniß meiner Erinnerung in Farben gemalt, die nie erbleichen können. Ich habe viele Bilder in meinem Geiste, Dein Bild aber ist das hellste und schönste von allen.“

„Und es ist auch das beste Bild, welches man von mir haben könnte — in meiner Jugend gemalt, Geliebter, als mein Gesicht fortwährend bekannte, daß ich Dich liebte, obschon mein Mund nichts sagte? Es liegt einiger Trost in diesem Gedanken. Wenn Jahre über uns beiden dahingegangen sind, Lenny, und wenn die Zeit beginnt, mir ihre Spuren aufzudrücken, dann wirst Du nicht zu Dir selbst sagen: «Meine Rosamunde beginnt zu welken; sie wird immer weniger dem ähnlicher, was sie war, als ich sie heirathete.» Für Dich, Geliebter, werde ich niemals alt werden; das schöne jugendliche

Bild in Deiner Erinnerung wird immer noch mein Bild sein, auch wenn meine Wange gerunzelt und mein Haar grau ist."

„Immer noch Dein Bild — stets dasselbe, mag ich so alt werden als ich wolle."

„Aber weißt Du auch gewiß, daß es in allen Theilen klar ist? Gibt es darin nirgends zweifelhafte Linien, unvollendete Winkel? Ich habe mich, seitdem Du mich sahest, noch nicht verändert — ich bin gerade noch so wie ich vor einem Jahre war. Gesetzt nun, ich fragte Dich, wie ich jetzt aussehe, könntest Du mir es sagen ohne einen Irrthum zu begehen?"

„Stelle mich auf die Probe."

„Soll ich? Dann sollst Du einen vollständigen Katechismus durchmachen. Ich ermüde Dich doch nicht, wenn ich so auf Deinem Knie sitze? — Also, erstens: wie groß bin ich, wenn wir beide nebeneinander stehen?"

„Du reichst mir gerade bis an's Ohr."

„Richtig. Das wäre die erste Frage. Nun zur zweiten: Wie sieht mein Haar auf Deinem Bild?"

„Es ist dunkelbraun. — Es ist stark und voll und auf Deiner Stirn für den Geschmack gewisser Leute ein wenig zu tief hereingewachsen."

„Kümmern wir uns nicht um gewisse Leute. Steht es auch für Deinen Geschmack zu tief?"

„Nein, durchaus nicht. Ich liebe es so; ich liebe die kleinen natürlichen Wellenlinien, die es gegen die Stirn bildet. Ich liebe es so zurückgestrichen, wie Du es trägst, in einfachen Flechten, welche Deine Wangen und Dein Ohr sichtbar lassen, und vor allen Dingen liebe ich jenen großen glänzenden Knäuel, den es bildet, wenn es an Deinem Hinterkopfe zusammengebunden ist."

„O Lenny, wie gut erinnerst Du Dich meiner so weit! Gehe nun ein wenig tiefer herab."

„Ein wenig tiefer heißt bis auf die Augenbrauen. Es sind auf meinem Bild sehr nett und sauber gezeichnete Augenbrauen."

„Ja, — aber sie haben einen Fehler. Sage mir, was für ein Fehler ist dies."

„Sie sind nicht so stark markirt als sie es sein könnten."

„Abermals richtig — und meine Augen?"

„Sind braune Augen, große Augen, wachsame Augen, die sich fortwährend umschauen, Augen, die bald sehr sanft, bald wieder sehr lebendig sein können. Zärtliche und helle Augen, gerade wie in dem gegenwärtigen Augenblick, aber fähig, auf einen sehr leichten Anreiz hin, sich ein wenig zu weit zu öffnen und etwas allzufunkelnd entschlossen auszusehen."

„Dann hüte Dich, ihnen dieses Aussehen jetzt mitzutheilen! Was gibt es unter den Augen?"

„Eine Nase, die nicht ganz groß genug ist, um mit ihnen in richtigem Verhältniß zu stehen — eine Nase, die einen leichten Hang besitzt, das zu sein, was man eine —"

„O sprich dieses abscheuliche Wort nicht aus! Schone meine Empfindlichkeit wenigstens insoweit daß Du es ins Französische übersetzest. Sage retroussé und gehe über meine Nase so schnell als möglich hinweg."

„Nun dann muß ich bei dem Munde stehen bleiben und gestehe, daß dieser der Vollkommenheit so nahe als möglich kommt. Die Lippen sind von lieblicher Form, von frischer Farbe und von unwiderstehlichem Ausdruck. Sie lächeln auf meinem Bilde und ich bin überzeugt, daß sie auch jetzt mich anlächeln.“

„Wie konnten sie auch anders, wenn sie so gelobt werden? Meine Eitelkeit flüstert mir übrigens zu, daß ich am besten thun werde, wenn ich meine Katechisation hier schließe. Wenn ich von meiner Gesichtsfarbe spreche, so werde ich blos hören, daß sie von der dunkeln Gattung und daß niemals Roth genug darin ist, ausgenommen wenn ich gehe oder reite, oder verlegen oder zornig bin. Wenn ich eine Frage über meinen Wuchs riskire, so werde ich die furchtbare Antwort erhalten: Du bist auf gefährliche Weise zur Wohlbeleibtheit geneigt. Wenn ich sage: Wie kleide ich mich? so wird man mir sagen: Nicht bescheiden genug; Du liebst die bunten Farben wie ein Kind. — Nein, ich will lieber keine Fragen mehr wagen. Doch, Eitelkeit beiseite, Lenny, ich bin so froh, so stolz, so glücklich, zu finden, daß Du das Bild meines Ich so deutlich in der Erinnerung bewahren kannst. Ich werde nun alles Mögliche thun, um so auszusehen und mich so zu kleiden, daß ich mit Deiner letzten Erinnerung an mich übereinstimme. Mein innigst Geliebter, ich will Dir Ehre machen — ich will versuchen, ob ich nicht machen kann, daß man Dich um Dein Weib beneidet. Du verdienst hunderttausend Küsse dafür, daß Du Deinen Katechismus so gut gekonnt — und hier hast Du sie.“

Während Mistreß Frankland ihrem Gatten den Lohn seines Verdienstes auszahlte, machte sich das Geräusch eines schwachen, höflich bedeutsamen Hustens in einem Winkel des Zimmers schüchtern hörbar.

Mit der Schnelligkeit, die alle ihre Handlungen kennzeichnete, sich augenblicklich herumdrehend, sah Mistreß Frankland zu ihrem Schrecken und ihrer Entrüstung sich Miß Mowlem gegenüber, welche dicht an der Schwelle stand — mit einem Brief in der Hand und einem Erröthen sentimentaler Aufregung auf ihrem geziert lächelnden Gesicht.

„Unglückliche! Wie können Sie sich unterstehen, hereinzukommen, ohne erst anzupochen!“ rief Rosamunde, indem sie mit dem Fuße stampfend aufsprang und in einem Augenblick von der Höhe der Zärtlichkeit auf die Höhe des Zornes übersprang.

Miß Mowlem zitterte schuldbewußt vor den funkelnden zornigen Augen, die sie durch und durch schaueten, ward sehr bleich, hielt entschuldigend den Brief hin und sagte in ihrem schüchternsten Tone, es thäte ihr sehr leid.

„Leid!“ rief Rosamunde, indem sie durch die Entschuldigung noch mehr erbittert ward, als sie durch die Ueberrumpelung gewesen und dies durch ein zweites Stampfen mit dem Fuße zu erkennen gab. „Wer fragt danach, ob es Ihnen leid thut oder nicht — ich mag nichts davon wissen. In meinem Leben bin ich nicht so beleidigt worden — niemals, Sie gemeines, neugieriges, spionirendes Geschöpf!“

„Rosamunde! Rosamunde! Ich bitte, vergiß Dich nicht!“ mischte Mr. Frankland's ruhige Stimme sich ein.

„Lenny, mein Geliebter, ich kann nicht anders! Dieses Geschöpf könnte einen Engel wüthend machen. Sie hat uns belauert so lange wir hier sind — ja, das haben Sie gethan, Sie ungebildetes, rohes Frauenzimmer! Ich argwohnte es schon längst — nun bin ich überzeugt. Sollen wir unsere Thüren verschließen, um uns vor Ihnen zu sichern? — Wir werden unsere Thüren nicht verschließen. Bringen Sie unsere Rechnung. Wir kündigen hiermit. Mr. Frankland kündigt Ihnen — nicht wahr, Du kündigst, Lenny? — Ich werde alle Deine Sachen selbst einpacken; sie soll nichts davon anrühren. Gehen Sie hinunter und machen Sie unsere Rechnung und sagen Sie ihrer Mutter, daß wir kündigen. Mr. Frankland sagt, er wolle sich nicht ohne weiteres in seinem Zimmer überfallen und neugierige Frauenzimmer an seinen Thüren horchen lassen. Und ich sage das auch. Legen Sie diesen Brief auf den Tisch — wenn Sie ihn nicht vielleicht auch öffnen und lesen wollen. Legen Sie ihn hin, Sie keckes Frauenzimmer, und bringen Sie die Rechnung und sagen Sie Ihrer Mutter, daß wir das Haus sofort verlassen werden.“

Bei dieser furchtbaren Drohung rang Miß Mowlem, welche von Natur nicht blos neugierig, sondern auch sanft und schüchtern war, verzweiflungsvoll die Hände und brach in einen Thränenstrom aus.

„O gütiger, barmherziger Himmel!“ rief Miß Mowlem, indem sie in ihrer Verzweiflung die Decke anredete, „was wird meine Mutter sagen! Was wird nun aus mir werden! O Madame, ich glaubte, ich hätte angepocht — ich habe auch wirklich angepocht. O Madame, ich bitte demüthigst um Verzeihung — ich will sie nicht wieder stören. O, Madame, meine Mutter ist eine arme Witwe und dies ist das erste Mal, daß wir diese Zimmer vermiethet haben und wir haben unser ganzes Geld in die Möbels gesteckt. O Madame, o Madame, wie wird es mir ergehen, wenn Sie unser Haus verlassen!“

Hier vermochte Miß Mowlem nicht weiter zu sprechen und krampfhaftes Schluchzen trat an die Stelle der Worte.

„Rosamunde!“ sagte Mr. Frankland. Es lag diesmal ein Ausdruck von Kummer ebenso wie von Zurechtweisung in seiner Stimme.

Rosamunde's leises Ohr bemerkte diese Veränderung in seinem Tone sofort. Als sie nach ihm herumschaute, wechselte sie die Farbe, ihr Köpfchen senkte sich ein wenig und ihr ganzer Ausdruck änderte sich augenblicklich. Sie stahl sich mit sanft wehmüthig blickenden Augen an die Seite ihres Gatten und hielt ihre Lippen liebkosend dicht an sein Ohr.

„Lenny!“ flüsterte sie, „habe ich Dich gegen mich erzürnt?“

„Ich kann Dir niemals zürnen, Rosamunde“, antwortete er ruhig. „Ich wünsche blos, Geliebte, daß Du Dich ein wenig eher beherrscht hättest.“

„Ach, das thut mir so leid — so leid, so leid!“ Die frischen, weichen Lippen näherten sich seinem Ohre noch mehr, während sie diese reuigen Worte flüsterten und die schlaue kleine Hand kroch zitternd um seinen Hals herum und begann mit seinem Haar zu spielen. „Es thut mir so leid und wie schäme ich mich vor mir selbst. — Aber so etwas hätte gewiß auch jeden andern Menschen ärgerlich gemacht — meinst Du nicht auch, Geliebter? Und Du wirst mir verzeihen — nicht wahr, Lenny, wenn ich Dir verspreche, mich nie wieder so schlecht zu benehmen.“ — Wegen der albernen flennenden Närrin an der Thür mach' Dir keine Sorge“, fuhr Rosamunde fort, indem sie einen leichten Rückfall erfuhr, während sie sich nach Miß Mowlem umschaute, welche unbeweglich reuig an der Wand stand und das Gesicht mit einem eben nicht sehr weißen Taschentuche bedeckt hielt. „Ich will die Sache mit ihr schlichten; ich will ihrem Weinen ein Ende machen! Ich will sie hinausführen, ich will alles Mögliche in der Welt thun, was freundlich gegen sie ist, dafern Du mir nur verzeihest.“

„Ein paar höfliche Worte, weiter ist nichts nöthig — nichts weiter als ein paar höfliche Worte“, sagte Mr. Frankland etwas kalt und gezwungen.

„Na, weinen Sie nur nicht mehr“, sagte Rosamunde, indem sie stracks auf Miß Mowlem zuging und ihr ohne weitere Umstände das Tuch von dem Gesichte zog. „Hören Sie doch auf! Es thut mir leid, daß ich gleich so in die Hitze kam — obschon Sie durchaus kein Recht hatten, hereinzukommen, ohne angepocht zu haben. Es ist nicht meine Absicht, Sie zu betrüben, oder Ihnen wieder ein unfreundliches Wort zu sagen, dafern Sie nur künftig allemal anpochen und jetzt aufhören zu weinen. So hören Sie doch nur auf, Sie langweiliges Geschöpf! Wir gehen nicht fort, wir fragen weder nach Ihrer Mutter, noch nach der Rechnung, noch nach sonst etwas. Hier haben Sie auch etwas, wenn Sie aufhören wollen zu weinen. Hier ist mein Halsband — ich sah, wie Sie es gestern umprobirten, als ich in dem Schlafzimmer auf dem Sopha lag und Sie glaubten, ich schliefe. Lassen Sie es nur gut sein. Ich bin deswegen nicht böse. Nehmen Sie das Band — nehmen Sie es als ein Friedenszeichen, wenn Sie es nicht als ein Geschenk annehmen wollen. Sie sollen es nehmen! — Nein, so wollte ich nicht sagen — ich wollte sagen, seien Sie so gut, es zu nehmen. So habe ich es Ihnen angesteckt, und nun geben Sie mir die Hand und seien Sie wieder freundlich, und gehen Sie hinauf und sehen Sie, wie es sich im Spiegel ausnimmt."

Mit diesen Worten öffnete Mistreß Frankland die Thür, gab unter dem Vorwand eines Klopfens auf die Schulter der verblüfften und verlegenen Miß Mowlem einen gutmüthigen Schub, machte die Thür wieder zu und nahm einen Augenblick darauf wieder ihren Platz auf dem Knie ihres Gatten ein.

„Ich habe die Sache ausgeglichen, Geliebter", sagte sie. „Ich habe die neugierige Närrin mit meinem hellgrünen Bande fortgeschickt — sie sieht in demselben so gelb aus wie eine Guinee und so häßlich wie —"

Rosamunde schwieg plötzlich und blickte Mr. Frankland unruhig ins Gesicht.

„Lenny!" sagte sie wehmüthig, indem sie ihre Wange an die seine legte. „Bist Du mir noch böse?"

„Meine Geliebte, ich bin Dir nie böse gewesen. Ich kann das nie sein.“

„Ich will mich in Zukunft stets zu mäßigen suchen, Lenny.“

„Ich bin überzeugt, daß Du es thun wirst, Rosamunde. Doch lassen wir das. Ich dachte jetzt nicht an Deine heftige Gemüthsart.“

„Woran dachtest Du denn?“

„An die Entschuldigung, welche Du Miß Mowlem machtest.“

„Sagte ich nicht genug? Ich will Sie zurückrufen, wenn Du es wünschest — ich will noch eine reuige Rede halten — ich will alles thun, nur sie nicht küssen. Das kann ich wirklich nicht — ich kann jetzt niemand küssen als Dich.“

„Meine geliebte Rosamunde, wie kindisch bist Du doch in gewissen Dingen! Du sagtest zu Miß Mowlem mehr als genug — weit mehr. Und wenn Du es nicht übel nimmst, so muß ich sagen, daß Du Dich bei Deiner Großmuth und Gutmüthigkeit diesem Mädchen gegenüber ein wenig vergaßest. Ich meine nicht sowohl, daß Du ihr das Band schenktest — obschon dies vielleicht mit etwas weniger Vertraulichkeit hätte geschehen können — wohl aber schließe ich aus dem, was Du sagtest, daß Du sogar so weit gingest, ihr die Hand zu drücken.“

„War das nicht recht? Ich glaubte, dies sei die freundlichste Art und Weise, die Sache zu schlichten.“

„Liebe Rosamunde, unter Personen gleichen Ranges ist dies eine ganz vortreffliche Weise, etwas beizulegen.

Bedenke aber den Unterschied zwischen Deiner Stellung in der Gesellschaft und Miß Mowlem's."

„Ich will es mir überlegen, wenn Du es wünschest, Geliebter. Ich glaube aber, ich gerathe nach meinem Vater, der sich — der gute alte Mann — niemals um Verschiedenheit des Ranges bekümmert. Ich kann nicht umhin, Leute gern zu haben, welche freundlich gegen mich sind, ohne daß ich daran denke, ob sie an Rang über oder unter mir stehen, und als ich mich wieder beruhigt hatte, fühlte ich, wie ich gestehen muß, mich darüber, daß ich diese unglückliche Miß Mowlem in Schrecken und Angst gejagt hatte, ebenso ärgerlich als wenn sie demselben Stande angehört hätte wie ich. Ich werde mich allerdings bemühen, so zu denken wie Du, Lenny, aber ich fürchte sehr, daß ich, ohne recht zu wissen wie, das geworden bin, was die Zeitungen einen Radikalen nennen."

„Meine liebe Rosamunde, sprich nicht auf diese Weise von Dir selbst, auch im Scherz nicht. Du solltest von allen Menschen in der Welt der letzte sein, der diese Rangesunterschiede untereinander mengt, von welchen das ganze Wohl der Gesellschaft abhängt."

„Ist das wirklich der Fall? Und dennoch, Geliebter, scheinen wir doch nicht mit so gewaltigen Unterschieden geschaffen zu sein. Wir haben alle dieselbe Anzahl von Händen und Füßen, wir sind alle hungrig und durstig — im Sommer wird es uns allen heiß und im Winter frieren wir alle. Wir lachen alle, wenn wir vergnügt sind, und weinen, wenn wir Kummer fühlen — mit einem Worte, wir haben alle dieselben Gefühle, mögen wir nun hoch oder tief in der Gesellschaft stehen. Ich hätte Dich nicht inniger lieben können, Lenny, als ich jetzt thue, wenn ich eine Herzogin, und auch nicht weniger als ich jetzt thue, wenn ich eine Magd gewesen wäre."

„Liebe Rosamunde, eine Magd bist Du nicht und in Bezug auf das, was Du von einer Herzogin sprichst, muß ich Dich daran erinnern, daß Du nicht so tief unter einer Herzogin stehst als Du zu glauben scheinst. Manche Dame von hohem Titel kann nicht auf eine solche Reihe von Ahnen zurückschauen wie die Deinigen. Die Familie Deines Vaters, Rosamunde, ist eine der ältesten in England — selbst die Familie meines Vaters reicht kaum so weit zurück und wir waren begüterte Landedelleute, als mancher Name, der jetzt die Pairswürde besitzt, noch gar nicht genannt ward. Es ist wirklich lächerlich ungereimt, Dich von Dir selbst als einer Radikalen sprechen zu hören."

„Ich will nicht wieder so von mir sprechen, Lenny — nur mach' kein so ernsthaftes Gesicht. Ich will ein Tory sein, Geliebter, wenn Du mir einen Kuß geben und mich noch eine Weile auf Deinem Knie sitzen lassen willst."

Mr. Frankland's Ernsthaftigkeit vermochte nicht gegen den Wechsel der politischen Grundsätze seiner Gattin und die Bedingungen Stand zu halten, welche sie daran knüpfte. Sein Gesicht heiterte sich auf und er lachte fast ebenso fröhlich wie Rosamunde selbst.

„Apropos", sagte er, nachdem eine kleine Pause ihm Zeit gegeben seine Gedanken zu sammeln, „hörte ich

Dich nicht zu Miß Mowlem sagen, sie solle einen Brief auf den Tisch legen? Ist der Brief an Dich oder an mich?“

„Ach, das hab' ich ganz vergessen“, sagte Rosamunde, an den Tisch eilend. „Der Brief ist an Dich, Lenny — und ach mein Himmel! er trägt das Postzeichen Porthgenna.“

„Dann muß er von dem Baumeister sein, den ich wegen der Reparaturen dorthin geschickt habe. Leihe mir Deine Augen, Rosamunde, und laß uns hören, was er sagt.“

Rosamunde öffnete den Brief, zog einen Schemel zu den Füßen ihres Gatten, setzte sich nieder, legte ihre Arme auf seine Knie und las wie folgt:

„An Leonard Frankland, Esq.

„Sir! — In Gemäßheit der Instruction, welche Sie die Güte hatten, mir zu ertheilen, habe ich Porthgenna Tower in genauen Augenschein genommen, um zu ermitteln, welche Reparaturen das Haus im Allgemeinen und die nördliche Seite desselben besonders bedarf. Was die Außenseite betrifft, so braucht das Gebäude weiter nichts als ein wenig Abputzen und Anstreichen. Die Mauern und das Fundament sind wie für eine ewige Dauer bestimmt, und noch niemals habe ich so feste, massive Mauerarbeit gesehen.

„Was das Innere des Hauses betrifft, so kann ich jedoch hierüber keinen so günstigen Bericht erstatten. Die Zimmer im westlichen Theile, welche während der Zeit von Kapitän Treverton's Anwesenheit bewohnt und später von den mit der Aufsicht über das Haus beauftragten

Personen gut in Ordnung gehalten worden, befinden sich in ganz leidlichem Zustande. Zweihundert Pfund würden, glaube ich, hinreichen, um die Kosten für alle in mein Fach schlagenden Reparaturen, deren diese Zimmer bedürfen, zu decken. Diese Summe würde jedoch nicht die Wiederherstellung der westlichen Treppe einschließen, die an mehreren Stellen zusammengebrochen und deren Geländer vom ersten bis zum zweiten Absatze sehr unsicher ist. Fünfundzwanzig bis dreißig Pfund würden jedoch genügen, um auch hier alles wieder in die gehörige Ordnung zu bringen.

„In den Zimmern der Nordseite ist der Zustand von Verfall in jeder Beziehung so arg, als er nur sein kann. So viel ich habe ermitteln können, ist zu Kapitän Treverton's Zeit niemals jemand diesen Zimmern zu nahe gekommen und auch später sind sie von keinem Menschen betreten worden. Die Leute, welche jetzt das Haus bewohnen, haben eine abergläubische Furcht, irgend eine der nördlichen Thüren zu öffnen, weil gar zu lange Zeit verstrichen ist, seitdem kein lebendes Wesen sie passirt hat. Niemand erbot sich, mich bei meiner Musterung zu begleiten und niemand konnte mir sagen, welche Schlüssel zu den Zimmerthüren in irgend einem Theile des nördlichen Flügels gehörten. Ich fand auch keinen Plan, der die Namen oder Nummern dieser Zimmer enthalten hätte, und ebenso wenig waren zu meiner Ueberraschung Nummern oder Aufschriften an den einzelnen Schlüsseln befestigt. Man gab sie mir alle an einem großen Ringe hängend, mit einem Elfenbeintäfel=

chen daran, auf welchem blos die Worte: «Schlüssel zu den nördlichen Zimmern» zu lesen waren.

„Ich nehme mir die Freiheit, diese Einzelheiten zu erwähnen, um zu erklären, weshalb ich, wie Sie vielleicht glauben, meinen Aufenthalt in Porthgenna Tower länger ausgedehnt habe als es nöthig war. Ich brachte beinahe einen ganzen Tag damit zu, die Schlüssel von dem Ringe abzunehmen und sie aufs Gerathewohl in die Schlösser der Thüren einzupassen. Ebenso war ich einige Stunden des nächstfolgenden Tages damit beschäftigt, jede Thür auswendig mit einer Nummer zu versehen und eine eben solche an jedem Schlüssel zu befestigen, ehe ich ihn wieder in den Ring brachte, um der Möglichkeit fernerer Irrthümer und Weitläufigkeiten vorzubeugen.

„Da ich hoffe, Ihnen in einigen Tagen einen speciellen Anschlag über die in dem nördlichen Theile des Schlosses vom Erdgeschoß an bis unter das Dach nothwendigen Reparaturen vorzulegen, so brauche ich hier blos noch zu sagen, daß diese Reparaturen einige Zeit in Anspruch nehmen und von sehr ausgedehnter Art sein werden. Die Balken des ersten Stockwerks sind von der Trockenfäule angegriffen. Die Feuchtigkeit in einigen Zimmern und die Ratten in andern haben das Wandgetäfel fast ganz zerstört. Vier der Kaminsimse haben sich von der Wand gelöst und die Zimmerdecken sind entweder mit Moderflecken bedeckt, oder geborsten, oder in ausgedehntem Maße abgebröckelt. Der Fußboden ist im Allgemeinen in besserem Zustande als ich erwartet hatte, die Fensterläden und Rahmen aber haben sich so krumm gezogen, daß sie nicht mehr zu gebrauchen sind.

„Ich halte es für meine Pflicht zu erklären, daß die Kosten für Instandsetzung aller dieser Dinge — das heißt um diese Zimmer sicher und bewohnbar zu machen und sie in geeignetem Zustand für den Tapezierer zu setzen — sehr beträchtlich sein werden. Ich möchte mir daher für den Fall, daß Sie von der Summe meines Kostenanschlages überrascht oder unzufrieden damit sind, den Vorschlag erlauben, daß Sie mir einen Freund, in welchen Sie Vertrauen setzen, namhaft machen, damit derselbe mit meinem Anschlage in der Hand mich auf einem Gange durch die nördlichen Zimmer begleite. Ich mache mich anheischig, dann, dafern es gewünscht wird, die Nothwendigkeit jeder einzelnen Reparatur und die Richtigkeit jedes besondern Ansatzes für dieselbe zur Zufriedenheit jedes unparteiischen Sachverständigen, den Sie deshalb zu beauftragen belieben, nachzuweisen.

„In der Hoffnung, Ihnen diesen Kostenanschlag binnen einigen Tagen übersenden zu können, bin ich Ihr gehorsamster Diener

„Thomas Horlock.“

„Das ist ein sehr ehrlicher, gerade mit der Sprache herausgehender Brief“, sagte Mr. Frankland.

„Ich wollte, der Baumeister hätte den Kostenanschlag gleich mitgeschickt“, sagte Rosamunde. „Warum konnte der fatale Mann uns nicht sogleich in runder Summe sagen, was die Reparaturen wirklich kosten werden?“

„Ich vermuthe, liebe Rosamunde, er hat gefürchtet,

uns zu erschrecken, wenn er uns den Betrag in runder Summe nennte."

„Das abscheuliche Geld! Es kommt einem immer in den Weg und vereitelt alle Pläne. Wenn wir nicht genug haben, so wollen wir welches von jemand borgen. Gedenkst Du einen Freund nach Porthgenna zu schicken, damit derselbe das Haus mit Mr. Horlock besichtige? Wenn dies der Fall wäre, so wüßte ich, wen Du schicken könntest."

„Wen denn?"

„Mich, wenn Du willst — natürlich unter Deiner Escorte. Lache nur nicht, Lenny; ich würde Mr. Horlock scharf ins Gebet nehmen, gegen jeden seiner Ansätze Einspruch erheben und ihn unerbittlich in die Enge treiben. Ich sah einmal einen Taxator ein Haus durchgehen und weiß ganz genau, was dabei zu thun ist. Man stampft mit dem Fuße auf die Diele und pocht an die Wände und kratzt an der Mauer und guckt alle Kamine hinauf und zu allen Fenstern hinaus — zuweilen macht man Notizen in ein kleines Buch, zuweilen mißt man mit einer Schmiege, zuweilen setzt man sich plötzlich nieder und versinkt in tiefes Nachdenken — und das Ende von allem ist, daß man sagt, das Haus werde sich sehr gut machen, wenn der Besitzer den Beutel ziehen und es in gehörigen Stand setzen lassen wolle."

„Sehr gut, Rosamunde. Du besitzest noch ein Talent mehr als ich wußte und ich glaube, ich habe nun keine andere Wahl, als Dir Gelegenheit zu geben, es zu entwickeln. Ich habe nichts dagegen, liebe Rosamunde, daß Du mit einem Manne vom Fache als Beistand die wichtige Aufgabe übernimmst, Mr. Horlock's Kostenanschlag soviel als möglich zu reduciren; ich habe nichts dagegen, daß Du sobald Du Lust hast einen kurzen Besuch in Porthgenna machst — besonders da ich jetzt weiß, daß die westlichen Zimmer noch bewohnbar sind."

„O wie freundlich von Dir! Welches Vergnügen wird mir dies machen! Ich werde mich freuen, das alte Haus noch einmal zu sehen, ehe Veränderungen damit vorgenommen werden! Ich war erst fünf Jahre alt, Lenny, als wir Porthgenna verließen, und ich bin höchst neugierig zu sehen, was ich mir davon nach einer so langen, langen Abwesenheit noch gemerkt habe. Weißt Du wohl, daß ich von jenem verfallenen nördlichen Flügel des Hauses nie etwas gesehen? Und doch bin ich so ganz vernarrt in alterthümliche Zimmer. Wir wollen sie alle durchwandern, Lenny. Du sollst Dich an meine Hand halten und mit meinen Augen sehen und ebenso viele Entdeckungen machen wie ich. Ich prophezeie, daß wir Gespenster sehen und Schätze finden und geheimnißvolles Geräusch hören werden. Und, o Himmel! welche Staubwolken werden wir durchzumachen haben. — Uff! schon der Gedanke daran droht mich zu ersticken."

„Jetzt, da wir einmal auf Porthgenna zu sprechen gekommen sind, Rosamunde, laß uns einen Augenblick lang ernsthaft sein. Mir ist es klar, daß diese Reparatur der nördlichen Zimmer eine bedeutende Summe Geldes kosten wird. Nun aber, liebe Rosamunde, betrachte ich keine Summe, wie groß sie auch sein möge, als übel angewendet, dafern sie Dir Vergnügen verschafft. Ich bin mit Herz und Seele bei Dir —"

Er schwieg. Die liebkosenden Arme seines Weibes schlangen sich wieder um ihn und ihre Wange lehnte sich sanft an die seine.

„Sprich weiter, Lenny", sagte sie mit einem solchen Ausdruck von Zärtlichkeit in diesen drei einfachen Worten, daß ihm für den Augenblick die Sprache versagte und sein ganzes Gefühl in den einen Luxusgenuß des Hörens versenkt zu sein schien.

„Rosamunde", flüsterte er, „es gibt in der Welt keine Musik, die mich so berührte, wie Deine Stimme mich jetzt berührt. Ich fühle sie durch mein ganzes Sein hindurch, wie ich zuweilen zu der Zeit, wo ich noch sehen konnte, des Nachts den Himmel zu fühlen pflegte."

Während er sprach, schlossen die liebkosenden Arme sich fester um seinen Hals und die brennenden Lippen nahmen die Stelle ein, wo bisjetzt die Wange gelegen.

„Sprich weiter, Lenny", wiederholten sie jetzt nicht blos zärtlich, sondern glücklich; „Du sagtest, Du wärest mit Herz und Seele bei mir — worin?"

„In Deinem Plane, liebe Rosamunde, Deinen Vater zu bewegen, sich nach seiner letzten Reise von seinem Beruf zurückzuziehen, und in Deiner Hoffnung, ihn zu überreden, den Abend seiner Tage glücklich bei uns in Porthgenna zu verleben. Wenn das Geld, welches für die Instandsetzung der nördlichen Zimmer zu verwenden wäre, damit wir alle in Zukunft darin leben könnten, die Erscheinung dieses Hauses in seinen Augen wirklich so veränderte, daß dadurch die alten, kummervollen Erinnerungen, die sich für ihn daran knüpfen, zerstreut würden und das Wohnen dort ihm wieder zur Freude anstatt zur Qual gereichte, so würde ich das Geld als gut angewendet betrachten. Aber, Rosamunde, bist Du des Gelingens Deines Planes, ehe wir denselben in Angriff nehmen, auch gewiß? Hast Du gegen Deinen Vater hinsichtlich unserer Pläne mit Porthgenna irgend eine Andeutung fallen lassen?“

„Ich sagte ihm, Lenny, daß ich mich nicht eher ganz zufrieden fühlen würde, als bis er die See verließe und seinen Wohnsitz bei uns nähme — und er sagte, er wolle es thun. Ueber Porthgenna erwähnte ich kein Wort — er auch nicht — aber er weiß, daß wir dort wohnen werden, wenn wir uns häuslich einrichten, und er stellte keine Bedingungen als er versprach, daß unsere Heimat auch seine Heimat sein solle.“

„Ist der Verlust Deiner Mutter die einzige traurige Erinnerung, die er an diesen Platz hat?“

„Nicht ganz. Es gibt auch noch etwas, was niemals erwähnt worden ist, aber was ich Dir erzählen kann, weil keine Geheimnisse zwischen uns bestehen dürfen. Meine Mutter hatte nämlich eine Lieblingsdienerin, welche von der Zeit ihrer Verheirathung an bei ihr gewesen und die zufällig die einzige im Zimmer anwesende Person war, als sie starb. Ich entsinne mich noch dieses Frauenzimmers in unklarer kindischer Weise. Sie war sonderbar in ihrer äußern Erscheinung und in ihrem Benehmen, und kein großer Günstling bei irgend jemand im Hause, ausgenommen bei ihrer Herrin. An dem

Morgen des Todestages meiner Mutter verschwand diese Dienerin nun auf die seltsamste Weise aus dem Hause, indem sie einen höchst eigenthümlichen und geheimnißvollen Brief an meinen Vater zurückließ, worin sie behauptete, es sei ihr in den letzten Augenblicken meiner sterbenden Mutter ein Geheimniß anvertraut worden, welches sie beauftragt sei, ihrem Herrn mitzutheilen, sobald ihre Herrin nicht mehr wäre. Sie fügte hinzu, sie scheue sich, von diesem Geheimniß zu sprechen, und um allem Ausfragen darnach auszuweichen, habe sie beschlossen, das Haus auf immer zu verlassen. Sie war auch wirklich schon einige Stunden fort, als der Brief gefunden und geöffnet ward, und man hat seit dieser Zeit nie wieder etwas von ihr gesehen oder gehört. Dieser Umstand schien auf das Gemüth meines Vaters einen fast ebenso starken Eindruck zu machen wie der Tod meiner Mutter. Unsere Nachbar- und Dienstleute glaubten alle — ebenso wie ich — daß diese Person nicht recht bei Verstande gewesen sei, mein Vater aber war dieser Ansicht nicht und ich weiß, daß er den Brief von jener Zeit an bisjetzt weder vernichtet noch vergessen hat."

„Ein seltsamer Umstand, Rosamunde — ein sehr seltsamer Umstand und ich wundre mich nicht, daß derselbe einen dauernden Eindruck auf ihn gemacht hat."

„Verlaß Dich darauf, Lenny, die Diener und die Nachbarn hatten Recht — das Weib war nicht recht bei Sinnen. Auf jeden Fall war es aber ein eigenthümliches Ereigniß in unserer Familie. Alle alten Häuser haben ihre Romantik und dies ist die Romantik unseres Hauses. Es sind aber seitdem viele Jahre vergangen und theils in Folge der Zeit, theils in Folge der Veränderungen, die wir vorzunehmen in Begriff stehen, fürchte ich nicht, daß mein guter, lieber Vater unsere Pläne vereiteln werde. Gib ihm einen neuen nördlichen Garten in Porthgenna, wo er, wie er es nennt, auf dem Deck herumspazieren kann — gib ihm neue nördliche Zimmer, um darin zu wohnen — und ich stehe für das gute Ergebniß. Doch alles dies gehört der Zukunft an; laß uns jetzt zur Gegenwart zurückkehren. Wann werden wir unsern fliegenden Besuch in Porthgenna machen, Lenny, und uns in die wichtige Aufgabe stürzen, Mr. Horlock's Kostenanschlag über die Reparaturen in gehörige Schranken zu bannen?"

„Wir haben noch drei Wochen hier zu bleiben, Rosamunde."

„Ja, und dann müssen wir nach Long Beckley zurückkehren. Ich versprach jenem besten und dicksten aller Männer, dem Vicar, daß wir unsern ersten Besuch bei ihm abstatten würden. Unter drei Wochen oder einem Monat läßt er uns ganz gewiß nicht fort."

„In diesem Falle wird es am besten sein, wenn wir sagen, daß unser Besuch in Porthgenna in zwei Monaten, von jetzt an gerechnet, stattfinden solle. Ist Deine Schreibmappe im Zimmer, Rosamunde?"

„Ja, sie liegt dicht neben uns auf dem Tische."

„Nun dann schreib an Mr. Horlock und bestimme eine Zusammenkunft nach zwei Monaten in dem alten Hause. Sage ihm auch, da wir uns unsicheren Treppen nicht anvertrauen könnten — besonders in Erwägung, daß ich auf Geländer angewiesen bin — so solle er die westliche Treppe unverweilt in Stand setzen lassen. Und da Du dann einmal die Feder in der Hand hast, so wird es Dir vielleicht künftige Mühe sparen, wenn Du gleich ein zweites Briefchen an die Haushälterin in Porthgenna schreibst und ihr meldest, wenn sie uns erwarten kann."

Rosamunde setzte sich heiter an den Tisch und tauchte mit einer kleinen triumphirenden Bewegung die Feder in die Tinte.

„In zwei Monaten", rief sie fröhlich, „in zwei Monaten soll ich den lieben alten Ort wiedersehen! In zwei Monaten, Lenny, werden unsere profanen Füße in den Einöden der nördlichen Zimmer den Staub aufwirbeln."

Sechstes Kapitel.

Timon von London.

Timon von Athen zog sich von der undankbaren Welt in eine Grotte am Meeresstrande zurück. Timon von London flüchtete sich vor seines Gleichen in ein vereinzelt stehendes Haus in Bayswater.

Timon von Athen machte seiner Misanthropie in prachtvollen Versen Luft — Timon von London gab seine Gefühle und Meinungen in schäbiger Prosa zu erkennen.

Timon von Athen hatte die Ehre, „mein hoher Herr" genannt zu werden — Timon von London ward nur als „Mr. Treverton" angeredet.

Die einzige Aehnlichkeit, welche diesen mehrfachen Contrasten zwischen den beiden Timons entgegengesetzt werden konnte, bestand darin, daß ihre Menschenfeindlichkeit wenigstens echt war. Beide waren unverbesserliche Menschenhasser.

Andrew Treverton's Charakter hatte von seiner Kindheit an jene stark unterscheidenden, einander widerstreitenden und oft in Conflict gerathenden Kennzeichen von Gut und Schlecht dargeboten, welche die Sprache der Welt nach ihrer sorglosen verächtlichen Weise in das einzige Wort excentrisch zusammenfaßt.

Es gibt wahrscheinlich keinen bessern Beweis von der Richtigkeit jener Definition vom Menschen, welche ihn als ein nachahmendes Thier beschreibt, als den, der in der Thatsache liegt, daß das Urtheil der Welt stets gegen jedes einzelne Individuum gerichtet ist, welches sich herausnimmt, von den übrigen abzuweichen.

Ein Mensch ist ein Bestandtheil einer Heerde und seine Wolle muß von der allgemeinen Farbe sein. Er muß trinken, wo die übrigen trinken, und grasen, wo die übrigen grasen. Wenn die andern durch einen Hund erschreckt werden und fortrennend mit dem rechten Beine zuerst die Flucht ergreifen, so muß auch er durch einen Hund erschreckt werden und bei der Flucht sich ebenfalls des rechten Beines zuerst bedienen. Erschrickt er nicht oder ergreift, wenn er auch erschrickt, doch die Flucht nicht in derselben Weise wie die übrigen, so wird dies sofort als ein Beweis betrachtet, daß es mit ihm nicht ganz richtig ist.

Es gehe nur Einer Mittags mit vollkommener Gelassenheit in seinen Mienen und ganz anständig in seinem Benehmen, ohne den mindesten Anschein von Geistesverwirrung in seinen Augen oder in seinem Wesen, aber ohne Hut, von dem einen Ende der Oxfordstreet bis zum andern, und man frage dann einen Jeden der Tausende von huttragenden Leuten, an welchen er vorübergeht, was sie von ihm denken. Wie viele werden sich dann wohl enthalten, sofort zu erklären, er sei übergeschnappt, obschon sie keinen andern Beweis dafür haben als seinen unbedeckten Kopf?

Ja, noch mehr — man lasse ihn höflich einen jeden dieser Vorübergehenden anreden und ihm in den schlichtesten Worten und in der verständigsten Weise auseinander setzen, daß sein Kopf sich ohne Hut weit leichter und behaglicher fühlt als mit einem solchen, wie viele seiner Mitmenschen, welche bei der ersten Begegnung mit ihm erklärten, er sei übergeschnappt, werden, nachdem sie diese Erklärung vernommen, anderer Meinung sein, wenn sie sich von ihm trennen? In der überwiegenden Mehrzahl der Fälle würde die Erklärung selbst als ein ganz vortrefflicher neuer Beweis betrachtet werden, daß der Verstand des hutlosen Mannes unbestreitbar gelitten habe.

Da Andrew Treverton gleich beim Beginn des Lebensmarsches mit der übrigen Mannschaft des sterblichen Regiments nicht Schritt hielt, so mußte er auch gleich von seinen frühesten Tagen an die Strafe für diese Unregelmäßigkeit bezahlen. In der Kinderstube war er ein Phänomen, in der Schule eine Zielscheibe und auf der Universität ein Schlachtopfer. Die unwissende Kindermagd erklärte ihn für ein „putziges Kind“; der gelehrte Schulmeister drückte die Sache etwas artiger aus und schilderte ihn als einen excentrischen Knaben; der Studienmeister auf der Universität blies ebenfalls mit in das Horn der Andern, verglich aber witzigerweise Andrew's Kopf mit einem Dach und sagte, es müsse einen Sparren zu viel haben. Wenn aber ein Dach einen Sparren zu viel hat und derselbe ist nicht gehörig fest gemacht, so muß er zuletzt herunterfallen. An dem Dache eines Hauses betrachten wir, wenn so etwas passirt, dies als eine nothwendige Folge von Vernachlässigung; an dem Dache eines Menschenkopfes dagegen werden wir dadurch in der Regel sehr in Erstaunen und Schrecken gesetzt.

Nach einigen Richtungen hin übersehen und in andern falsch geleitet, versuchten Andrew's ungeschlachte Fähigkeiten zum Guten sich in hülfloser Weise selbst zu gestalten.

Die bessere Seite seiner Excentricität nahm die Form von Freundschaft an. Er fühlte sich auf ganz unerklärliche Weise zu einem seiner Schulkameraden hingezogen — einem Knaben, der ihm auf dem Spielplatz keine besondere Rücksicht angedeihen ließ und ihm auch in der Schule selbst von keinem besondern Nutzen war.

Niemand konnte auch nur den mindesten Grund zu dieser Freundschaft entdecken, nichtsdestoweniger aber war es eine notorische Thatsache, daß Andrew's Taschengeld diesem Knaben stets zu Diensten stand, daß Andrew hinter ihm herlief wie ein Hund und daß Andrew sehr häufig die Schuld und Strafe, welche seinen Freund hätte treffen sollen, auf sich selbst nahm.

Als einige Jahre später dieser Freund auf die Universität ging, bat Andrew darum, auch auf die Universität geschickt zu werden, und attachirte sich hier enger als je an den seltsam gewählten Kameraden seiner Schulzeit.

Eine solche Anhänglichkeit hätte Jeden rühren müssen, der nur einen gewöhnlichen Grad von edler Denkweise besessen hätte; auf die von Haus aus gemeine Natur des unwürdigen Freundes aber machte sie durchaus keinen Eindruck.

Nach dreijährigem Umgang auf der Universität — einem Umgang, der auf der einen Seite nur Egoismus und auf der andern nur Selbstverleugnung war — kam das Ende und es begann vor Andrew's Augen grausam zu tagen. Als seine Börse in der Hand seines Freundes leicht ward, als die Accepte, welche er den Wechseln seines Freundes gegeben, am zahlreichsten waren, überließ der Bruder seiner redlichen Zuneigung, der Held seiner schlichten Bewunderung ihn der Verlegenheit, dem Spott und der Einsamkeit, ohne auch nur den mindesten Schein von Reue zu heucheln, ja sogar ohne ihm ein Wort des Lebewohls zu sagen.

Andrew kehrte, nachdem ihm auf diese Weise das Leben schon beim Beginn desselben verbittert worden, in das Haus seines Vaters zurück — er kehrte zurück, um sich Vorwürfe über die Schulden machen zu lassen, die er contrahirt, um einem Menschen zu dienen, der ihn auf die herzloseste Weise gemißbraucht und schamlos betrogen hatte.

Er verließ, mit der Ungnade seines Vaters belastet, das Haus, um mit einem geringen Taschengeld auf Reisen zu gehen. Die Reisen dauerten lange und endeten, wie dies mit solchen Reisen oft der Fall ist, mit förmlicher Entfremdung vom Vaterlande. Das Leben, welches er während seines langen Verweilens im Auslande führte, die Gesellschaft, mit welcher er umging, äußerten eine dauernde, nachtheilige Wirkung auf ihn.

Als er endlich nach England zurückkam, trat er in

der hoffnungslosesten aller Rollen auf — in der Rolle eines Menschen, der an nichts glaubt. Zu dieser Zeit seines Lebens lag die einzige Möglichkeit einer glücklichen Zukunft für ihn in den guten Wirkungen, welche vielleicht der Einfluß seines Bruders auf ihn äußern konnte.

Kaum aber hatten die beiden Brüder ihren frühern Umgang wieder aufgenommen, so ward demselben durch den Zwist, welchen Kapitän Treverton's Vermählung veranlaßte, auf immer ein Ende gemacht.

Von dieser Zeit an war Andrew für alle geselligen Interessen und Zwecke ein verlorener Mann. Von dieser Zeit an setzte er den letzten Vorstellungen, die ihm von den letzten Freunden, die sich für ihn interessirten, gemacht wurden, stets eine und dieselbe bittere und hoffnungslose Antwort entgegen.

„Mein liebster Freund verließ und betrog mich“, pflegte er zu sagen. „Mein einziger Bruder hat sich um einer Komödiantin willen mit mir veruneinigt. Was kann ich nach diesen Erfahrungen wohl von der übrigen Menschheit erwarten? Ich habe für meinen Glauben an Andere zweimal gebüßt — ich will nicht zum dritten Male dafür büßen. Der Klügste ist der, welcher sein Herz in seiner naturgemäßen Beschäftigung, Blut durch den Körper zu pumpen, nicht stört. Ich habe meine Erfahrungen in der Fremde und daheim gesammelt und genug gelernt, um die Täuschungen des Lebens zu durchschauen, welche den Augen anderer Menschen wie Wirklichkeit erscheinen, den meinigen aber sich schon vor Jahren in ihrer wahren Gestalt gezeigt haben. Meine Aufgabe in dieser Welt ist Essen, Trinken, Schlafen und Sterben.

Alles Andere ist Ueberfluß und ich habe nichts damit zu schaffen."

Die wenigen Leute, welche sich, nachdem sie durch ein solches Geständniß zurückgeschreckt worden, die Mühe nahmen, sich wieder nach ihm zu erkundigen, hörten drei oder vier Jahre nach der Vermählung seines Bruders, daß er in der Nähe von Bayswater lebte.

Das Gerücht erzählte, er habe das erste beste Haus gekauft, welches durch eine ringsherumführende Mauer von allen andern Häusern abgeschnitten sei. Ferner erzählte man, er lebe wie ein Geizhals; er habe einen alten Diener Namens Shrowl, der sogar ein noch größerer Menschenfeind sei als er selbst; er lasse keine lebende Seele, nicht einmal dann und wann eine Scheuerfrau, sein Haus betreten; er lasse sich den Bart wachsen und habe seinem Diener Shrowl befohlen, seinem Beispiele zu folgen.

Im Jahre 1844 ward die Thatsache, daß ein Mann sich nicht rasirte, von der aufgeklärten Mehrheit der englischen Nation als ein Beweis von Mangel an gesundem Verstand betrachtet. Gegenwärtig würde Mr. Treverton's Bart blos seinem guten Rufe als achtbarer, solider Mann im Wege gestanden haben. Zu jener Zeit aber ward er als ein neuer Beweis der frühern Behauptung betrachtet, daß es mit ihm nicht ganz richtig sei.

Dennoch war er gerade zu dieser Zeit, wie sein Makler hätte bezeugen können, einer der gewandtesten und schlauesten Geschäftsleute in London; er verstand die falsche Seite jeder beliebigen Frage mit einem Aufwand von Sophistik und Sarkasmen zu vertheidigen, um welche ihn selbst Doctor Johnson beneidet haben würde; er hielt seine Bücher bis auf den Heller in der strengsten Ordnung; sein Thun und Wesen zeigte von früh an bis abends niemals etwas Außergewöhnliches; seine Augen waren der verkörperte Scharfblick — aber was nützten ihm in dem Urtheil seiner Nachbarn alle diese vortrefflichen Eigenschaften, da er sich herausnahm, auf einem andern Fuße zu leben als sie und während er ein haariges Wahnsinnszeugniß am untern Theile seines Gesichts trug?

Wir haben in Bezug auf theilweise Duldung von Bärten seit jener Zeit einen kleinen Fortschritt gemacht, aber es bleibt uns immer noch ein bedeutender Weg zurückzulegen. Würde wohl selbst jetzt der zuverlässigste Comptoirist eines Bankiers in der ganzen Hauptstadt auch nur die entfernteste Aussicht haben seine Stelle zu behalten, wenn er aufhörte sein Kinn zu rasiren?

Das gemeine Gerücht, welches Mr. Treverton als Wahnsinnigen verleumdete, hatte, indem es ihn als einen Geizhals schilderte, einen zweiten Irrthum zu verantworten. Er sparte mehr als zwei Drittheile des Einkommens von seinem ziemlich bedeutenden Vermögen, aber nicht weil er Gefallen daran gefunden hätte, Geld zusammenzuscharren, sondern weil er an den Bequemlichkeiten und Luxusgenüssen, auf welche man Geld zu verwenden pflegt, keinen Genuß fand. Wir müssen ihm die Gerechtigkeit widerfahren lassen zu sagen, daß seine Verachtung seines eigenen Reichthums ebenso aufrichtig war, wie die des Reichthums seiner Nachbarn.

Indem auf diese Weise das Gerücht bei Schilderung

seines Charakters nach diesen beiden Seiten hin die Unwahrheit sprach, hatte es doch wenigstens in einer Beziehung sehr inconsequenterweise Recht, nämlich bei der Schilderung seiner Lebensweise.

Es war vollkommen gegründet, daß er das erste beste Haus gekauft, welches innerhalb seiner eigenen Mauern abgeschlossen war — es war begründet, daß niemandem unter irgend einem Vorwand gestattet war, seine Schwelle zu überschreiten, und ebenso war es auch begründet, daß er in Mr. Shrowl's Person einen Diener gefunden, der gegen die ganze Menschheit von noch bittererm Groll erfüllt war als er selbst.

Das Leben, welches diese beiden Männer führten, kam der Existenz des Urmenschen oder Wilden so nahe, als die sie umgebenden Verhältnisse der Civilisation gestatteten. Die Nothwendigkeit des Essens und Trinkens zugebend, setzte Mr. Treverton seinen Ehrgeiz vor allen Dingen darein, das Leben mit so wenig Abhängigkeit als möglich von der Menschenklasse zu erhalten, welche ein Geschäft daraus machte, für die körperlichen Bedürfnisse ihrer Nächsten zu sorgen und die, wie er glaubte, ihn eben auf Grund ihres Berufes hin auf die nichtswürdigste Weise betrog.

Da Timon von London auf der hintern Seite des Hauses einen Garten hatte, so machte er den Gemüsehändler ganz entbehrlich, indem er seinen Kohl selbst baute. Um Weizen zu bauen, hatte er nicht Land genug, sonst wäre er auch für sein alleiniges Bedürfniß Ackersmann geworden, wohl aber konnte er den Müller und den Bäcker dadurch überlisten, daß er einen Sack Getreide kaufte, dasselbe auf seiner Handmühle mahlte und das Mehl dann von Shrowl zu Brot backen ließ.

Nach demselben Princip ward das Fleisch von den Händlern der City im Ganzen gekauft, Herr und Diener aßen dann so viel als möglich in frischem Zustand, salzten das übrige ein und schlugen auf diese Weise den Fleischern ein Schnippchen.

Was das Getränk betraf, so hatte weder Brauer noch Schenkwirth jemals Aussicht, auch nur einen Heller aus Mr. Treverton's Tasche zu locken. Er und Shrowl begnügten sich mit Bier, und dies brauten sie selbst. Mit Brot, Gemüse, Fleisch und Malzextract erreichten diese beiden Eremiten der Neuzeit den großen Doppelzweck, das Leben im Körper und die Handelsleute außer dem Hause zu halten.

Wie Urmenschen essend, lebten sie auch in allen andern Beziehungen wie Urmenschen. Sie hatten Töpfe, Pfannen und Tiegel, zwei einfache hölzerne Tische, zwei Stühle, zwei alte Sophas, zwei kurze Pfeifen und zwei lange Mäntel. Dagegen hatten sie keine festbestimmten Essenszeiten, keine Fußteppiche und Bettstellen, keine Schränke, Büchergestelle oder zur Ausschmückung dienenden Firlefanz irgend welcher Art, keine Wäscherin und keine Scheuerfrau. Wenn einer von den beiden zu essen und zu trinken wünschte, schnitt er sich seine Brotrinde ab, kochte sich sein Stück Fleisch und zapfte sich seine Quantität Bier vom Fasse, ohne sich im mindesten um den andern zu kümmern. Wenn einer von den beiden glaubte, er brauche ein reines Hemd, was sehr selten der Fall war, so ging er und wusch sich eins. Wenn einer von den beiden entdeckte, daß irgend ein Theil des Hauses sehr schmuzig würde, so nahm er einen Eimer Wasser und einen Ruthenbesen und säuberte die betreffende Lokalität wie einen Hundestall. Und endlich, wenn einer von den beiden Lust zu schlafen hatte, so wickelte er sich in seinen Mantel und legte sich auf eins der Sophas und genoß so viel Ruhe als ihm beliebte, früh am Abend oder spät des Morgens, ganz wie es ihm gutdünkte.

Wenn es nichts zu backen, zu brauen, zu pflanzen oder zu säubern gab, so setzten sich die beiden einander gegenüber und rauchten stundenlang, meistentheils ohne ein Wort zu sprechen. Sprachen sie ja miteinander, so stritten sie sich. Ihr gewöhnliches Gespräch war eine Art Wettkampf, der mit einer sarkastischen Erheuchelung von Wohlwollen auf beiden Seiten begann und mit dem heftigsten Austausch giftiger Schmähungen endete, gerade so wie Boxer erst heuchlerischerweise die Formalität durchmachen, einander die Hand zu drücken, ehe sie die ernste praktische Aufgabe beginnen, einander so zuzurichten, daß ihr Gesicht keine Aehnlichkeit mehr mit dem eines Menschen hat.

Da Shrowl nicht mit so vielen nachtheiligen Folgen von Bildung und Erziehung zu kämpfen hatte wie sein Herr, so gewann er bei diesen Wortkämpfen gewöhnlich den Sieg. Ueberhaupt war er, obschon dem Namen nach der Diener, doch eigentlich der herrschende Geist im Hause und erlangte schrankenlosen Einfluß auf seinen Herrn dadurch, daß er diesen in jeder Beziehung auf seinem eigenen Terrain überholte.

Shrowl's Stimme war die rauheste; Shrowl's

Ausdrücke waren die bittersten und Shrowl's Bart war der längste. Hätte jemand Mr. Treverton beschuldigt, daß er im Stillen den Meinungen seines Dieners nachgäbe und das Mißfallen desselben fürchte, so würde er diese Beschuldigung mit der größten Entrüstung zurückgewiesen haben. Nichtsdestoweniger aber war es vollkommen wahr, daß Shrowl im Hause die Oberhand behauptete und daß seine Entscheidung über jede wichtige Angelegenheit sicherlich dieselbe war, zu welcher früher oder später sein Herr ebenfalls gelangte.

Die sicherste von allen Vergeltungen ist die, welche den Prahler erwartet. Mr. Treverton prahlte gern mit seiner Unabhängigkeit, und wenn die Vergeltung ihn ereilte, so nahm sie Menschengestalt an und führte den Namen Shrowl.

An einem gewissen Morgen, ungefähr drei Wochen nachdem Mistreß Frankland an die Haushälterin in Porthgenna Tower geschrieben, um die Zeit zu melden, zu welcher sie mit ihrem Gemahl dort zu erwarten wäre, stieg Mr. Treverton mit seinem sauersten Gesicht und in der menschenfeindlichsten Laune aus den obern Regionen seines Hauses in eins der Parterrezimmer herab, welches civilisirte Bewohner wahrscheinlich das Empfangszimmer genannt haben würden.

Gleich seinem ältern Bruder war er ein langer, gutgewachsener Mann, sein hageres, fahles Gesicht aber hatte mit dem schönen, offenen, sonnverbrannten Antlitz des Kapitäns nicht die mindeste Aehnlichkeit. Niemand, der sie beisammen gesehen, hätte errathen können, daß sie Brüder waren — so vollständig waren sie in Bezug auf den Ausdruck und die Züge des Gesichts von einander verschieden.

Die bittern Erfahrungen, welche der jüngere Bruder in seiner Jugend gemacht, das unstäte, ausschweifende Leben, welches er im Mannesalter geführt, die ärgerliche, unzufriedene Stimmung und die physische Erschöpfung seiner spätern Lebenstage hatten ihn so abgezehrt, daß er fast um zwanzig Jahre älter aussah als der Kapitän. Mit ungekämmtem Haar und ungewaschenem Gesicht, mit verworrenem grauen Bart und in einem alten geflickten, schmuzigen Flanellschlafrock, der um ihn herumschlotterte wie ein Sack, sah dieser Sprößling einer reichen alten Familie aus, als ob sein Geburtsort das Armenhaus und sein Lebensberuf der Handel mit alten Kleidern gewesen wäre.

Es war bei Mr. Treverton Frühstückzeit — das heißt, es war die Zeit, zu welcher er sich hungrig genug fühlte, um daran zu denken, etwas zu essen. An demselben Platze über dem Kaminsims, an welchem in einem einigermaßen cultivirten Hause ein Spiegel gehangen haben würde, hing in dem Hause Timon's von London eine Speckseite. Auf dem Tisch am Kaminfeuer lag ein halbes Laib schwammig aussehenden braunen Brotes; in einer Ecke des Zimmers lag ein Faß Bier mit zwei alten zinnernen Kannen an in der Wand oben darüber eingeschlagenen Nägeln, und unter dem Herd des Kamins lag ein verräucherter alter Bratrost gerade noch so, wie er, nachdem er zum letzten Male Dienst geleistet, hingeworfen worden.

Mr. Treverton nahm ein schmieriges Einschlagemesser

aus der Tasche seines Schlafrocks, schnitt ein Stück Speck ab, setzte den Bratrost über das Feuer und begann sein Frühstück zu bereiten.

Eben hatte er die Speckschnitte umgewendet, als die Thür sich öffnete und Shrowl mit der Pfeife im Munde ins Zimmer trat, um dieselbe Verrichtung vorzunehmen, welcher sein Herr oblag.

Was das Aeußere betraf, so war Shrowl klein, dick, aufgedunsen und vollkommen kahl, ausgenommen an der Hinterseite seines Kopfes, wo ein Ring borstigen, eisengrauen Haares hervorragte wie ein in Unordnung gerathener schmuziger Hemdkragen. Um den Mangel an Haar zu ersetzen, wuchs der Bart, den er auf Wunsch seines Herrn cultivirte, weit über das Gesicht hinweg und fiel in zwei zottigen Spitzen bis auf die Brust herab.

Er trug einen sehr alten langschößigen Schlafrock, den er einmal hundebillig auf dem Trödelmarkt gekauft, ein verschossenes gelbes Hemd mit einer breiten zerrissenen Brustkrause, an den Knöcheln aufgeschlagene Manchesterhosen und Halbstiefeln, die seit dem Tage, wo sie die Werkstatt des Schuhflickers verlassen, nie wieder gewichst worden waren.

Seine Farbe war krankhaft roth, seine dicken Lippen kräuselten sich mit boshaftem Feixen aufwärts und seine Augen hatten an Form und Ausdruck ungemein viel Aehnliches mit denen eines Spürhundes.

Ein Maler, welcher in dem Gesicht und der Gestalt eines und desselben Individuums gleichzeitig Kraft, Unverschämtheit, Häßlichkeit, Gemeinheit und Hinterlist auszudrücken gewünscht, hätte zu diesem Zweck in der ganzen

Welt kein besseres Modell finden können als in der Person des würdigen Mr. Shrowl.

Weder Herr noch Diener wechselten bei der ersten Begegnung an diesem Tage ein Wort oder nahmen die mindeste Notiz von einander. Shrowl blieb, mit den Händen in den Taschen träg zuschauend, stehen und wartete, bis für ihn Platz am Feuer würde.

Mr. Treverton trug, als er fertig war, seinen Speck auf den Tisch, schnitt sich eine Rinde Brot ab und begann nun zu frühstücken. Als er den ersten Bissen hinuntergewürgt hatte, ließ er sich herab, zu Shrowl aufzublicken, der in diesem Augenblick sein Taschenmesser öffnete und sich mit schlurfendem Tritt und schläfrig gierigen Augen ebenfalls der Speckseite näherte.

„Was soll das heißen?“ fragte Mr. Treverton, indem er mit Entrüstung und Erstaunen auf Shrowl's Brust zeigte. „Ihr dummer Kerl habt ja ein reines Hemd an!“

„Ich danke Ihnen, Sir, daß sie Notiz davon nehmen“, sagte Shrowl mit sarkastisch erheuchelter, übertriebener Demuth. „Die Veranlassung dazu ist eine sehr freudige. Heute ist ja meines Herrn Geburtstag und da konnte ich unmöglich weniger thun als ein reines Hemd anziehen. Möge Ihnen dieser Tag noch oft wiederkehren, Sir! Vielleicht haben Sie geglaubt, ich würde nicht daran denken, daß heute Ihr Geburtstag sei? Gott segne Ihr gutes liebes Gesicht, ich würde so etwas unter keiner Bedingung vergessen haben. Wie alt werden Sie denn heute, Sir? Es ist nun eine hübsche Zeit her, Sir, seitdem Sie ein kleiner, freundlicher, dicker Junge waren mit einer Krause um den Hals und Marmorkügelchen in der Tasche und eingeknöpften Hosen und Küssen und Geschenken von Papa und Mama und Onkel und Tante an Ihrem Geburtstage. — Fürchten Sie nicht, daß ich dieses Hemd durch allzuhäufiges Waschen abnutzen werde. Ich gedenke es in Lavendelkraut bis zu Ihrem nächsten Geburtstag oder auch zu Ihrem Leichenbegängniß aufzuheben, was in Ihrem Alter ebenso wahrscheinlich ist — meinen Sie nicht auch, Sir?"

„Verschwendet kein reines Hemd an mein Leichenbegängniß", entgegnete Mr. Treverton. „Ich habe Euch in meinem Testament kein Geld vermacht, Shrowl! Wenn ich auf dem Wege nach dem Grabe bin, seid Ihr auf dem Wege nach dem Armenhaus."

„Haben Sie wirklich einmal Ihr Testament gemacht, Sir?" fragte Shrowl, indem er mit dem Anschein des größten Interesses im Abschneiden seiner Speckschnitte innehielt; „ich bitte gehorsamst um Verzeihung, aber ich glaubte immer, Sie scheuten sich es zu thun."

Der Diener hatte augenscheinlich mit Absicht eine der wunden Stellen seines Herrn berührt. Mr. Treverton schlug mit seiner Brotrinde auf den Tisch und sah Shrowl zornig an.

„Ich sollte mich scheuen, mein Testament zu machen, Ihr Narr!" sagte er. „Ich mache aus Grundsatz keins und werde keins machen."

Shrowl sägte langsam sein Stück Speck vollends los und begann eine Melodie zu pfeifen.

„Aus Grundsatz mache ich keins!" wiederholte Mr. Treverton. „Reiche Leute, welche Geld hinterlassen, sind die Säeleute, welche die Saat menschlicher Verruchtheit ausstreuen. Wenn ein Mensch noch einen Funken Edelmuth in seinem Gemüth hat und man denselben auszulöschen wünscht, so vermache man ihm etwas. Wenn ein Mensch schlecht ist und man ihn noch schlimmer zu machen wünscht, so setze man ihm ein Vermächtniß aus. Will man eine Anzahl Menschen zu dem Zweck, Schlechtigkeit und Unterdrückung nach großartigem Maßstabe zu befördern, zusammenbringen, so mache man ein Vermächtniß in Form einer milden Stiftung. Wünscht man einem Mädchen die beste Möglichkeit von der Welt zu verschaffen, einen schlechten Mann zu bekommen, so setze man ihr ein Vermächtniß aus. Will man junge Männer ins Verderben stürzen, will man alte Männer zu Magneten machen, welche die niedrigsten Eigenschaften der Menschheit anziehen, wünscht man, daß Aeltern und Kinder, Eheleute und Geschwister einander in die Haare fallen, so vermache man ihnen Geld. Ich sollte mein Testament machen? Ich kann die Menschen nicht leiden, Shrowl, das wißt Ihr, aber dennoch hasse ich sie noch nicht so sehr, daß ich ein solches Unheil unter ihnen anrichten möchte."

Nachdem Mr. Treverton mit diesen Worten seine Rede beendet, nahm er eine der alten zinnernen Kannen vom Nagel und erfrischte sich durch einen Trunk Bier.

Shrowl schob den Bratrost an eine reine Stelle im Feuer und kicherte sarkastisch vor sich hin.

„Wem zum Teufel sollte ich denn auch mein Geld vermachen?" hob Mr. Treverton wieder an. „Meinem Bruder, der mich jetzt für einen Unmenschen hält und mich dann für einen Narren halten und mein ganzes Geld mit Landstreicherinnen und Komödianten durchbringen würde? Oder dem Kinde jener Komödiantin, welches ich mit keinem Auge gesehen, welches erzogen ward, um mich zu hassen und welches sofort zum Heuchler werden würde, indem es des Anstands wegen sich stellen müßte, als thäte mein Tod ihm leid! Oder vielleicht Euch, Ihr menschlicher Pavian — Euch, der Ihr sofort ein Wuchergeschäft eröffnen und Witwen, Waisen und allen Unglücklichen überhaupt das Blut aussaugen würdet? Eure Gesundheit, Mr. Shrowl! Ich kann ebenso gut lachen wie Ihr, besonders da ich weiß, daß ich Euch keinen Sixpence hinterlasse."

Shrowl begann seinerseits nun ein wenig ärgerlich zu werden. Die ironische Höflichkeit, welche er bei seinem Eintritt in das Zimmer anzunehmen beliebt, wich seiner gewohnten sauertöpfischen Laune und dem natürlichen mürrischen Ausdruck seiner Stimme.

„Ich bitte Sie, mich ungeschoren zu lassen", sagte er, indem er sich mißmuthig zu seinem Frühstück niedersetzte. „Ich bin für heute mit dem Spaßmachen fertig und möchte Ihnen vorschlagen, dasselbe zu thun. Was kann es nützen, allerhand Unsinn über Ihr Geld zu schwatzen. Irgend jemandem müssen Sie es doch hinterlassen!"

Ja wohl, das werde ich", sagte Mr. Treverton. „Ich vermache es, wie ich Euch schon so oft gesagt habe, dem ersten besten, den ich finden kann, welcher das Geld herzlich verachtet und deshalb durch den Besitz desselben nicht schlechter gemacht werden kann."

„Das heißt niemandem“, grunzte Shrowl.

„Das weiß ich recht wohl“, entgegnete sein Herr.

„Aber niemandem können Sie es nicht hinterlassen“, fuhr Shrowl hartnäckig fort. „Sie müssen es jemandem hinterlassen — Sie können gar nicht anders.“

„Nicht?“ sagte Mr. Treverton. „Ich sollte meinen, ich könnte damit thun was mir beliebt. Ich kann es ja, wenn ich Lust habe, in lauter Banknoten umsetzen und in unserm Brauhause ein Freudenfeuer damit anzünden, ehe ich sterbe. Dann ginge ich aus der Welt mit dem Bewußtsein, daß ich kein Material zurückgelassen, durch welches sie noch schlechter werden könnte als sie schon ist, und das wäre für mich ein herrlicher Trost, das kann ich Euch sagen.“

Ehe Shrowl ein Wort der Entgegnung hervorbringen konnte, ward an der Hofpforte des Hauses die Klingel gezogen.

„Geht hinaus“, sagte Mr. Treverton, „und seht was es gibt. Wenn ein Weib zu uns will, so zeigt ihr, was für eine Vogelscheuche Ihr seid und sie wird schleunigst die Flucht ergreifen; ist es ein Mann —“

„Wenn es ein Mann ist“, unterbrach Shrowl seinen Herrn, „so gebe ich ihm einen Faustschlag auf den Kopf, weil er mich bei meinem Frühstück unterbricht.“

Mr. Treverton stopfte während der Abwesenheit seines Dieners sich die Pfeife und zündete sie an. Ehe sie noch recht in Brand war, kehrte Shrowl zurück und meldete, daß ein Mann dagewesen sei.

„Habt Ihr ihm denn einen Faustschlag auf den Kopf gegeben?“ fragte Mr. Treverton.

„Nein“, sagte Shrowl, „ich habe blos seinen Brief aufgehoben. Er schob ihn unter dem Pförtchen durch und ging wieder seiner Wege. Hier ist der Brief.“

Der Brief war auf Canzleipapier und die Adresse von einer juristischen Geschäftshand geschrieben. Als Mr. Treverton ihn öffnete, fielen zwei aus Zeitungen geschnittene Papierstreifen heraus. Der eine fiel auf den Tisch, an welchem Mr. Treverton saß, der andere flatterte bis auf den Fußboden.

Diesen letzten Streifen hob Shrowl auf und las den Inhalt durch, ohne sich erst die Mühe zu nehmen, seinen Herrn um Erlaubniß zu fragen.

Nachdem Mr. Treverton langsam einen Mund voll Tabaksrauch eingezogen und langsam wieder von sich gegeben, begann er den Brief zu lesen.

Als sein Auge auf die ersten Zeilen fiel, begannen seine Lippen an dem Mundstück seiner Pfeife auf eine Weise zu arbeiten, die bei ihm sehr ungewöhnlich war. Der Brief war nicht so lang, daß es nöthig gewesen wäre, das erste Blatt umzuwenden, denn er schloß am Fuße der ersten Seite. Mr. Treverton las ihn durch bis auf die Unterschrift, sah dann die Adresse an und fing dann wieder von vorn an. Seine Lippen fuhren immer noch fort, an der Pfeifenspitze herumzuarbeiten, aber er rauchte nicht mehr.

Als er mit dem zweiten Lesen fertig war, legte er den Brief sehr sanft auf den Tisch, sah seinen Diener mit einer ungewohnten Zerstreutheit in dem Ausdrucke seiner Augen an und nahm mit einer Hand, welche ein wenig zitterte, die Pfeife aus dem Munde.

„Shrowl", sagte er dann sehr ruhig, „mein Bruder ist ertrunken."

„Ich weiß es", antwortete Shrowl, ohne von dem Zeitungsstreifen aufzublicken. „Ich lese es eben hier."

„Die letzten Worte, die er zu mir sagte, als wir uns wegen der Komödiantin stritten", fuhr Mr. Treverton ebensowohl mit sich selbst als zu seinem Diener sprechend fort, „war, daß ich ohne ein einziges wohlwollendes Gefühl in meinem Herzen gegen irgend eine lebende Seele sterben würde."

„Das werden Sie auch", murmelte Shrowl, indem er den Streifen umdrehte, um zu sehen, ob auf der Rückseite auch etwas stünde, was des Lesens verlohnte.

„Ich möchte wissen, was er von mir gedacht hat als er starb", sagte Mr. Treverton, indem er nachdenklich den Brief wieder zur Hand nahm.

„Ganz gewiß hat er weder an Sie noch an jemand anders gedacht", bemerkte Shrowl. „Wenn er überhaupt gedacht hat, so hat er daran gedacht, wie er sein Leben retten könne. Als er aufgehört hatte daran zu denken, hatte er auch aufgehört zu leben."

Nachdem Mr. Shrowl auf diese Weise seine Meinung zu erkennen gegeben, ging er an das Bierfaß und zapfte seinen Morgentrunk.

„Verdammt wäre diese Komödiantin!" murmelte Mr. Treverton.

Indem er diese Worte sagte, umwölkte sich sein Gesicht und seine Lippen kniffen sich fest zusammen. Er strich den Brief auf dem Tische glatt. Es schienen in seinem Gemüth darüber Zweifel obzuwalten, ob er wirklich von dem ganzen Inhalt Kenntniß genommen oder ob nicht vielleicht noch etwas darin stünde, was er noch nicht entdeckt. Indem er ihn daher zum dritten Male vornahm, las er ihn sehr laut und sehr langsam vor, als ob er jedes einzelne Wort seinem Gedächtniß fest einprägen wollte.

„Sir!“ las er. „— Als alter juristischer Rathgeber und treuer Freund ihrer Familie erhalte ich von Mistreß Frankland, früher Miß Treverton, den Auftrag, Ihnen die traurige Nachricht von dem Tode Ihres Bruders mitzutheilen. Dieses beklagenswerthe Ereigniß geschah an Bord des Schiffes, dessen Kapitän er war, während eines Sturmes, durch welchen das Schiff an einem Felsenriff auf der Höhe der Insel Antigua scheiterte. Ich lege hier einen der Times entnommenen ausführlichen Bericht über den Schiffbruch bei und Sie werden daraus ersehen, daß Ihr Bruder in Ausübung seiner Pflicht gegen die Offiziere und Mannschaften, die er befehligte, einen rühmlichen Tod fand. Ebenso lege ich auch einen aus dem cornischen Localblatt geschriebenen Artikel bei, der einen kurzen Abriß der Lebensgeschichte des Verstorbenen enthält.

„Ehe ich diese Mittheilung schließe, muß ich hinzufügen, daß trotz des genauesten Nachsuchens unter den Papieren des verstorbenen Kapitäns Treverton kein Testament gefunden worden ist. Da er, wie Sie wissen, Porthgenna verkauft hatte, so bestand das einzige Vermögen, in dessen Besitz er sich zur Zeit seines Todes befand, in persönlichem, von dem Verkauf seines Landgutes herrührenden Eigenthum, und dieses wird, da er ab intestato gestorben, den Bestimmungen unserer Erbgesetzgebung zufolge, auf seine Tochter als seine nächste Verwandte übergehen.

„Ich unterzeichne, Sir, als

„Ihr gehorsamster Diener

„Alexander Nixon.“

Das auf den Tisch gefallene, aus der Zeitung geschnittene Blättchen enthielt den Artikel aus der Times. Den Streifen aus dem cornischen Blatt, welcher auf die Diele heruntergefallen war, schob Shrowl, sobald er ihn gelesen, in einer Anwandlung momentaner Höflichkeit seinem Herrn vor die Augen.

Mr. Treverton nahm nicht die mindeste Notiz weder von dem einen Artikel, noch von dem andern. Er saß immer noch da und sah den Brief an, selbst nachdem er ihn zum dritten Male gelesen.

„Warum lesen Sie nicht das Gedruckte ebenso wie das Geschriebene?“ fragte Shrowl! „Warum lesen Sie nicht, was für ein großer Mann Ihr Bruder gewesen, und was für ein gutes Leben er geführt und was für eine wunderbar schöne Tochter er hinterlassen und was für eine famose Partie diese mit dem Manne gemacht, der jetzt Besitzer Ihres alten Familienhauses ist? Die braucht Ihr Geld nun auf keinen Fall! Der böse Wind, der das Schiff ihres Vaters an den Felsen warf, hat ihr vierzigtausend Pfund in den Schoos geworfen. Warum lesen Sie das nicht? Die jungen Eheleute haben in Cornwall ein besseres Haus als Sie hier haben, freuen Sie sich nicht darüber? Sie wollten das alte Schloß von unten bis oben repariren lassen, damit Ihr Bruder behaglich bei ihnen wohnen könnte, wenn er von seiner Seereise zurückkäme. Wer wird wohl jemals ein Haus für Sie repariren? Ich möchte wissen, ob Ihre Nichte auch um Ihretwillen das alte Haus von unterst zu oberst kehrte, wenn es Ihnen einfiele, sich zu waschen und zu ihr zu gehen?“

Nach dieser letzten Frage schwieg Shrowl nicht aus Mangel an Worten, sondern aus Mangel an Muth, sie auszusprechen. Zum ersten Male, seit sie zusammen hausgehalten, hatte er versucht, seinen Herrn zu reizen ohne daß es ihm gelang. Mr. Treverton hörte zu oder schien zuzuhören, ohne eine Miene zu zucken — ohne das mindeste Anzeichen von Zorn in seinem Gesicht. — Die einzigen Worte, die er sagte, als Shrowl fertig war, waren die zwei:

„Geht hinaus!“

Shrowl ließ sich nicht so leicht schrecken, aber er wechselte förmlich die Farbe, als er diesen noch nicht dagewesenen bündigen Befehl hörte. Nachdem er von den ersten Tagen ihres gemeinschaftlichen Verweilens in diesem Hause an mit seinem Herrn gemacht was er gewollt, konnte er jetzt kaum seinen Ohren trauen, als er hörte, wie dieser ihm plötzlich befahl, das Zimmer zu verlassen!

„Geht hinaus!“ wiederholte Mr. Treverton. „Und was meinen Bruder und meines Bruders Tochter betrifft, so haltet jetzt und für immerdar den Mund. Ich habe das Kind der Komödiantin nie gesehen und werde es auch nie sehen. Schweigt — laßt mich allein — geht hinaus!“

„Na, das sollst Du mir schon entgelten“, dachte Shrowl, indem er sich langsam aus dem Zimmer entfernte.

Als er die Thür geschlossen, horchte er an derselben und hörte, wie Mr. Treverton den Stuhl auf die Seite schob und, wie mit sich selbst sprechend, auf und abging. Nach den verworrenen Worten, die ihm entfielen, zu urtheilen, schloß Shrowl, daß seine Gedanken sich noch um die „Komödiantin“ drehten, um welcher willen er sich mit seinem Bruder veruneinigt. Es schien ihm ein barbarisches Gefühl der Herzenserleichterung zu gewähren, seine Unzufriedenheit mit sich selbst nach der Kunde von Kapitän Treverton's Tod an dem Andenken des Weibes auszutoben, welches er so bitterlich haßte, und an dem Kinde, welches sie hinterlassen.

Nach einer Weile hörte der leise grollende Ton seiner Stimme gänzlich auf. Shrowl lugte durch das Schlüsselloch und sah, daß sein Herr die aus der Zeitung geschnittenen Streifen las, welche den Bericht über den Schiffbruch und die Lebensgeschichte seines Bruders enthielten. In letzterer ward auf einige der Specialitäten hingedeutet, welche der Vicar von Long Beckley gegen seinen Gast erwähnt, und der Verfasser des Nekrologs schloß, indem er die Hoffnung aussprach, daß der Verlust, welchen Mr. und Mistreß Frankland erlitten, sie nicht abhalten würde, ihr Project, Porthgenna Tower repariren zu lassen, in Ausführung zu bringen, da sie ja schon einen Baumeister abgesendet, um die Gebäude zu besichtigen.

Die Art und Weise, in welcher dieser Artikel geschrieben war, schien Mr. Treverton's Erinnerung wieder in die Zeit seiner Jugend zurückzuführen, wo das alte Familienschloß seine Heimat gewesen. Er flüsterte bei sich selbst einige schwermüthige Worte in Bezug auf die Tage der Vergangenheit, erhob sich ungeduldig von seinem Stuhl, warf beide Zeitungsartikel in das Feuer, sah zu, bis sie verbrannt waren und seufzte, als die schwarze leichte Asche, von dem Luftzuge emporgetragen, in den Schlot hinauf verschwand.

Der Ton dieses Seufzers machte Shrowl ebenso stutzig, wie ein anderer Mensch vielleicht durch den Knall eines Pistolenschusses gemacht worden wäre. Seine Spürhundaugen öffneten sich vor Erstaunen so weit sie konnten und er schüttelte, während er von der Thür hinwegging, ominös den Kopf.

Siebentes Kapitel.

Die Haushälterin von Porthgenna Tower hatte eben die nöthigen Anstalten zum Empfang ihres Herrn und ihrer Herrin zu der in Mistreß Frankland's Brief von St. Swithin's-on-Sea erwähnten Zeit beendet, als sie durch den Empfang eines schwarzgesiegelten, mit einem breiten, schwarzen Trauerrand eingefaßten Briefes überrascht ward. Der Brief theilte kurz die Nachricht von Kapitän Treverton's Tod mit und meldete ihr, daß der Besuch der jungen Herrschaft in Porthgenna auf unbestimmte Zeit verschoben sei.

Mit derselben Post erhielt der Baumeister, welcher die Wiederherstellung der westlichen Treppe leitete, ebenfalls einen Brief, durch welchen er ersucht ward, sofort nach Beendung der Reparaturen, mit welchen er beschäftigt wäre, seine Rechnung einzuschicken, während man ihm zugleich mittheilte, daß Mr. Frankland vor der Hand nicht im Stande sei, dem Plan wegen Bewohnbarmachung der nördlichen Zimmer irgendwelche Aufmerksamkeit zu widmen, da er in Folge eines Trauerfalles vielleicht seine

Absichten in Bezug auf die vorgeschlagenen Reparaturen in jenem Theile des Hauses ändern würde.

Nach Empfang dieser Mittheilung zog der Baumeister sich und seine Leute, sobald die westliche Treppe und das Geländer in Stand gesetzt waren, zurück und Porthgenna Tower blieb abermals der Obhut der Haushälterin und des Castellans überlassen, ohne daß Herr oder Herrin, Freunde oder Fremdlinge die einsamen Gänge durchwandelt oder die leeren Zimmer belebt hätten.

Von dieser Zeit an vergingen acht Monate und die Haushälterin hörte von ihrem Herrn und ihrer Herrin nichts, ausgenommen hin und wieder durch einen Artikel in dem Lokalblatte, welcher zweifelhaft auf die Möglichkeit hindeutete, daß die junge Herrschaft vielleicht doch noch, und zwar in nicht sehr ferner Zeit, das alte Haus beziehen und sich für die Angelegenheiten ihrer Gutsunterthanen interessiren werde.

Der Castellan sammelte, wenn Geschäfte ihn nach der Poststadt führten, ebenfalls zuweilen unter den alten Freunden und Schutzbefohlenen der Familie Treverton allerhand Gerüchte über seine Herrschaft.

Alle diese Mittheilungen bewogen die Haushälterin zu dem Schlusse, daß Mr. und Mistreß Frankland nach dem Empfang der Nachricht vom Tode des Kapitäns nach Long Beckley zurückgekehrt wären und hier einige Monate in der strengsten Zurückgezogenheit gelebt hätten.

Als sie diesen Ort verließen, begaben sie sich, wenn man der Zeitungsnachricht Glauben schenken durfte, in die Umgegend von London und bewohnten das Haus einiger Freunde, die auf dem Continent reisten. Hier mußten sie einige Zeit geblieben sein, denn das neue Jahr kam und brachte kein Gerücht von irgend einer Veränderung ihres Aufenthaltsortes. Januar und Februar vergingen, ohne daß man etwas von ihnen erfuhr.

In den ersten Tagen des März hatte der Castellan Veranlassung, nach der Poststadt zu gehen. Als er nach Porthgenna zurückkam, brachte er in Bezug auf Mr. und Mistreß Frankland eine neue Nachricht mit, welche das Interesse der Haushälterin in außerordentlichem Grade rege machte. An zwei verschiedenen Orten, von denen jeder höchst achtbar war, hatte der Castellan scherzhafter Weise erwähnen hören, daß die häuslichen Verantwortlichkeiten seines Herrn und seiner Herrin wahrscheinlich dadurch vermehrt werden würden, daß sie gegen das Ende des Frühlings oder zu Anfang des Sommers eine Wärterin zu miethen und eine Wiege zu kaufen hätten. Kurz und unverblümt, unter den vielen Säuglingen, deren Erscheinen in der Welt im Laufe der nächsten drei Monate zu erwarten stand, befand sich auch einer, der den Namen Frankland führen und — wenn es glücklicherweise ein Knabe war — als Erbe der Herrschaft Porthgenna in ganz West Cornwall keine geringe Sensation hervorrufen mußte.

Im nächstfolgenden Monat, im Monat April, ehe noch die Haushälterin und der Castellan mit Erörterung dieser letzten und wichtigsten Neuigkeit fertig waren, machte der Briefträger seinen willkommenen Besuch in Porthgenna Tower und brachte abermals einen Brief von Mistreß Frankland. Das Gesicht der Haushälterin verklärte sich vor ungewöhnlicher Freude und Ueberraschung, als sie die erste Zeile las. Der Brief meldete, daß der so lange aufgeschobene Besuch ihres Herrn und ihrer Herrin in dem alten Schlosse nun in den ersten Tagen des Mai stattfinden würde und ihre Ankunft vom ersten bis zum zehnten des Monats jeden Tag erwartet werden könne.

Die Gründe, welche die Besitzer von Porthgenna veranlaßt hatten, endlich eine Zeit zu dem Besuche ihres Landsitzes festzusetzen, hingen mit gewissen Einzelheiten zusammen, in welche Mistreß Frankland es nicht für räthlich gehalten in ihrem Briefe einzugehen.

Es hatte nämlich in Bezug auf den nächsten Wohnsitz, welchen sie nach der Rückkehr der Freunde, deren Haus sie jetzt bewohnten, wählen sollten, eine kleine Erörterung stattgefunden. Mr. Frankland hatte sehr vernünftigerweise vorgeschlagen, wieder nach Long Beckley zurückzukehren — nicht blos weil ihre ältesten Freunde sämmtlich in der dortigen Gegend lebten, sondern auch — und die Umstände ließen dies als eine besonders wichtige Erwägung erscheinen — weil der Ort den Vorzug hatte, einen ausgezeichneten Arzt zu besitzen.

Unglücklicherweise machte dieser letztere Vortheil, weit entfernt in Mistreß Frankland's Augen als ein solcher zu erscheinen, sie vielmehr abgeneigt, wieder in Long Beckley zu wohnen. Sie hatte, wie sie gestand, von jeher eine durch nichts gerechtfertigte Antipathie gegen den dortigen Arzt gehabt. Er konnte ein sehr geschickter, ein außerordentlich höflicher und unleugbar achtbarer Mann sein, aber dennoch hatte sie ihn niemals leiden können und sie war deshalb entschlossen, sich dem Plane, in

Long Beckley zu wohnen, zu widersetzen, weil die Ausführung desselben sie genöthigt haben würde, sich der Obhut dieses Mannes anzuvertrauen.

Es wurden nun zwei andere Wohnorte in Vorschlag gebracht, Mistreß Frankland aber hatte jedem denselben Einwand entgegenzustellen; in beiden Fällen war der dort wohnhafte Arzt ihr fremd und sie konnte sich nicht mit dem Gedanken befreunden, sich von einem Fremden behandeln zu lassen.

Endlich ward, wie sie schon im Voraus erwartet, die Wahl des künftigen Wohnorts ausschließlich ihrer eigenen Neigung anheimgestellt und nun beschloß sie zum Erstaunen ihres Gatten und ihrer Freunde sofort, nach Porthgenna zu gehen.

Diesen seltsamen Plan hatte sie gefaßt und war jetzt entschlossen, ihn auszuführen, theils weil sie neugieriger als je war, diesen Ort wiederzusehen, theils weil der Arzt, der ihre Mutter in ihrer letzten Krankheit und sie selbst als Kind bei allen ihren eigenen kleinen körperlichen Uebeln behandelt, noch lebte und in der Umgegend von Porthgenna prakticirte.

Ihr Vater und dieser Arzt waren alte Freunde gewesen und hatten sich Jahre lang jeden Sonnabend Abend an dasselbe Schachbret gesetzt. Sie hatten ihre Freundschaft, als die Umstände sie trennten, jedes Jahr durch den Austausch von Weihnachtsgeschenken aufrecht gehalten, und als die traurige Nachricht vom Tode des Kapitäns nach Cornwall kam, hatte der Doctor einen Beileidsbrief an Rosamunden geschrieben, in welchem er von seinem frühern Freund und Gönner in Ausdrücken sprach, welche sie niemals vergessen konnte. Er mußte ein netter, väterlicher, guter alter Mann sein — von allen Aerzten in jeder Beziehung der geeignetste für sie.

Kurz, Mistreß Frankland war zu Gunsten des Arztes von Porthgenna ebenso stark eingenommen wie gegen den von Long Beckley und sie endete — wie alle jungen Frauen liebreicher Männer thun können und auch wirklich thun so oft es ihnen beliebt — damit, daß sie ihren Willen durchsetzte.

Am ersten Mai waren die westlichen Zimmer alle zum Empfang des Herrn und der Herrin des Hauses bereit. Die Betten waren gelüftet, die Teppiche ausgepocht, die Sophas und Stühle ihrer schützenden Hüllen entkleidet; die Haushälterin zog ihr Atlaskleid und steckte ihre Granatbroche an; die Magd folgte in ehrerbietiger Entfernung in braunem Merino und einem Rosabande, und der kahlköpfige alte Castellan, der sich von den Weibsleuten nicht ausstechen lassen wollte, producirte sich in einer neuen, allerliebsten, eigens für diese Gelegenheit angeschafften, braunen Perrücke und einer schwarzen Brocatweste, welche es an Schwärze und Glanz fast mit dem Atlaskleide der Haushälterin aufnehmen konnte.

Der Tag verging, der Abend kam, es ward Schlafenszeit — aber von Mr. und Mistreß Frankland war noch nichts zu sehen. Freilich war der erste Mai auch der früheste Tag, an welchem man sie erwarten konnte. Dies meinte der Castellan und die Haushälterin setzte hinzu, es wäre thöricht, sich in seiner Erwartung getäuscht zu fühlen, selbst wenn sie erst den fünften ankämen.

Der fünfte Mai kam, aber noch immer passirte nichts.

Der sechste, siebente, achte und neunte folgten, aber kein Geräusch der erwarteten Wagenräder näherte sich dem einsamen Schlosse.

Am zehnten und letzten Tage standen die Haushälterin, der Castellan und die Magd alle drei früher auf als gewöhnlich. Alle drei öffneten und schlossen Thüren und gingen Treppen auf und ab öfter als nöthig war; alle drei schauten fortwährend nach dem Moor und der Landstraße aus und die Aussicht kam ihnen einförmiger, langweiliger und leerer vor als dies bis jetzt jemals der Fall gewesen.

Der Tag verging, die Sonne ging unter, die Dunkelheit verwandelte das fortwährende Ausschauen der Haushälterin, des Castellans und der Magd in fortwährendes Horchen; es schlug zehn Uhr und immer noch war, wenn sie an das offene Fenster gingen, weiter nichts zu hören, als das langweilige, eintönige, ermüdende, unaufhörliche Anschlagen der Brandung an die sandige Küste.

Die Haushälterin begann die Zeit zu berechnen, welche zu der Eisenbahnreise von London nach Devonshire und dann zu der Postreise durch Cornwall nach Porthgenna erforderlich wäre. Wann hatten Mr. und Mistreß Frankland Plymouth verlassen? — dies war die erste Frage. Und welche zeitraubende Schwierigkeiten hatte es ihnen vielleicht später gemacht, Pferde zu bekommen? — dies war die zweite,

Die Haushälterin und der Castellan waren bei Besprechung dieser Punkte sehr verschiedener Meinung, beide aber kamen dahin überein, daß sie bis Mitternacht wach bleiben müßten, im Fall die Herrschaft doch noch ankäme. Die Magd, welche dies von den höhern Autoritäten gesprochene Urtheil, das sie für die nächsten zwei Stunden von ihrem Bett verbannte, hörte, gähnte und seufzte wehmüthig, bekam aber von dem Castellan einen Verweis und von der Haushälterin ein Gesangbuch, um darin zu lesen und sich dadurch munter und bei guter Laune zu erhalten.

Es schlug zwölf Uhr und immer noch waren das eintönige Rauschen der Brandung und jenes laute geheimnißvolle, knisternde Geräusch, welches sich zuweilen in einem alten Hause des Nachts hören läßt, alles, was man vernahm. Der Castellan war eingenickt, die Magd war durch den beschwichtigenden Einfluß in völlig festen Schlaf gesunken; die Haushälterin aber war vollkommen munter, hielt ihre Augen auf das Fenster geheftet und schüttelte von Zeit zu Zeit bedenklich den Kopf.

Beim letzten Schlage der Mitternachtsstunde verließ sie ihren Stuhl, horchte aufmerksam und da sie noch nichts vernahm, so rüttelte sie die Magd ärgerlich an der Schulter und stampfte mit dem Fuße auf die Diele, um den Castellan zu wecken.

„Nun können wir zu Bett gehen“, sagte sie; „sie kommen nicht.“

„Sagtet Ihr, sie kämen gar nicht?“ fragte der Castellan, indem er schläfrig seine Perrücke gerade setzte.

„Nein, ich sagte blos, sie kämen nicht“, antwortete die Haushälterin spitz. „Ich für meine Person würde mich aber nicht wundern, wenn wir sie nach all unserer Mühe, die wir gehabt um das Haus in Stand zu setzen, wirklich gar nicht zu sehen bekämen. Es ist dies das zweite Mal, das sie uns täuschen. Das erste Mal war der Tod des Kapitäns die Ursache. Was hält sie *jetzt* ab? Wieder ein Todesfall? Ich würde mich nicht wundern, wenn es der Fall wäre."

„Ich auch nicht", stimmte der Castellan gähnend bei.

„Wieder ein Todesfall!" wiederholte die Haushälterin abergläubisch. „Wenn es wirklich wieder ein Todesfall ist, so würde ich diesen an ihrer Stelle als eine Warnung betrachten und mich von diesem Hause hier fernhalten."

Achtes Kapitel.

Mistreß Jazeph.

Wenn die Haushälterin anstatt zu vermuthen, daß ein zweiter Todesfall Mr. und Mistreß Frankland's Ankunft in Porthgenna im Wege stünde, diesmal der Abwechselung wegen geglaubt hätte, daß ein Geburtsfall das Hinderniß sei, welches diese Ankunft verzögerte, so hätte sie zufällig das Richtige getroffen und sich dadurch den Ruf einer klugen Frau erworben.

Ihr Herr und ihre Herrin waren nämlich am 9. Mai von London aufgebrochen und hatten den größten Theil ihrer Eisenbahnreise zurückgelegt, als sie plötzlich, Mistreß Frankland's wegen, an der Station einer kleinen Stadt in Sommersetshire Halt machen mußten.

Der kleine Gast, welcher bestimmt war, die häuslichen Pflichten des jungen Ehepaares zu vermehren, hatte eigensinnigerweise sich in den Kopf gesetzt, die Bühne der Welt in der Rolle eines muntern, derben Knaben einen Monat früher zu betreten, als man ihn erwartet, und es bescheiden vorgezogen, sein erstes Debüt lieber in einem kleinen Gasthofe in Sommersetshire zu machen, als zu warten bis er mit großen Ceremonien in dem Schlosse Porthgenna begrüßt würde, welches er einst erben sollte.

Sehr wenig Ereignisse hatten jemals größere Sensation in der Stadt West Winston hervorgerufen, als das eine kleine Ereigniß der unerwarteten Unterbrechung von Mr. und Mistreß Frankland's Reise an diesem Orte. Niemals seit der letzten Parlamentswahl waren der Wirth und die Wirthin des Hotels zum Tigerkopfe in so fieberhafter Aufregung im Hause herumgerannt, wie sich ihrer bemächtigte, als Mr. Frankland's Diener und Mistreß Frankland's Zofe in einer Chaise von der Eisenbahnstation vorfuhren, um zu melden, daß ihr Herr und ihre Herrin nachkämen und daß die größten und ruhigsten Zimmer in dem Hotel sofort unter den unerwartetsten und interessantesten Umständen gebraucht würden.

Niemals, seitdem er triumphirend sein Examen bestanden, hatte der junge Doctor Orridge, der seinem Vorgänger die Kundschaft von West Winston abgekauft, sich von einem solchen Schauer angenehmer Aufregung vom Kopf bis zum Fuße durchrieselt gefühlt, als da er hörte, daß die Gattin eines reichen blinden Herrn auf der Eisenbahnreise von London nach Devonshire auf der West Winston Station unwohl geworden sei und ohne einen Augenblick Verzug alles bedürfe, was seine Geschicklichkeit und Aufmerksamkeit für sie thun könnte.

Noch niemals seit dem letzten Vogelschießen und Maskenball hatten die Damen der Stadt sich mit einem so alles Andere absorbirenden Thema für die Conversation beschenkt gesehen, wie ihnen jetzt durch Mistreß Frankland's Unfall geliefert ward.

Fabelhafte Gerüchte von der Schönheit der jungen Frau und dem Reichthum des Gatten entströmten der Urquelle des Tigerkopfes und ergossen sich durch die Haupt- und Nebengassen der kleinen Stadt. Es cursirten ein Dutzend verschiedene Gerüchte, von welchen eins immer ausgesuchter falsch war als das andere, über Mr. Frankland's Blindheit und die Ursache derselben; über den beklagenswerthen Zustand, in welchem seine junge Gattin in dem Hotel angelangt war, und über das peinliche Gefühl von Verantwortlichkeit, welches den unerfahrenen Doctor Orridge von dem ersten Augenblick an entmuthigt, wo er seine vornehme und liebenswürdige Patientin zu Gesicht bekommen.

Erst um acht Uhr abends ward die allgemeine Erwartung durch die Meldung beruhigt, daß das Kind zur Welt geboren sei und lustig schreie; daß die Mutter sich in Anbetracht aller Umstände ausgezeichnet wohl befinde und daß Doctor Orridge nicht blos wieder Muth gefaßt, sondern sich auch durch die Geschicklichkeit, Zartheit und Aufmerksamkeit, womit er seine Pflichten erfüllt, mit Ruhm bedeckt habe.

Am nächsten Tage und am dritten und eine Woche lang nach diesem lauteten die Berichte immer noch günstig. Am zehnten Tage jedoch ward eine Katastrophe gemeldet. Die Wärterin, welche Mistreß Frankland pflegte, war plötzlich krank geworden und sah sich für wenigstens diese Woche, ja vielleicht auf noch viel längere Zeit hinaus, außer Stande, fernere Dienste zu leisten.

In einer großen Stadt wäre diesem Uebelstande sehr schnell abzuhelfen gewesen, an einem Orte wie West Winston aber war es nicht so leicht, den Verlust einer erfahrenen Wärterin binnen wenigen Stunden zu ersetzen.

Als Doctor Orridge in dieser neuen Bedrängniß zu Rathe gezogen ward, gestand er offen, daß er einiger Bedenkzeit bedürfe, ehe er sich anheischig machen könne, eine andere gediegene Wärterin, welche Ruf und Erfahrung genug besäße, um eine Dame wie Mistreß Frankland zu bedienen, ausfindig zu machen.

Mr. Frankland schlug vor, an einen befreundeten Arzt in London deswegen zu telegraphiren, der Doctor war aber aus vielen Gründen abgeneigt, von diesem Auskunftsmittel anders als höchstens im äußersten Falle Gebrauch zu machen. Er meinte, es werde immer einige Zeit nöthig sein, um die rechte Person zu finden und nach West Winston zu schicken und überdies wolle er viel lieber eine Frau engagirt sehen, deren Charakter und Fähigkeiten er selbst genau kenne.

Deshalb schlug er vor, daß Mistreß Frankland für einige Stunden der Obhut ihrer Zofe unter Oberaufsicht der Wirthin des Tigerkopfs anvertraut werde, während er selbst in der Umgegend Erkundigungen einzöge. Wenn diese Erkundigungen kein genügendes Resultat lieferten, so wäre er, wenn er abends wieder käme, dann bereit, Mr. Frankland's Vorschlage, wegen einer Wärterin nach London zu telegraphiren, beizutreten.

Als Doctor Orridge demgemäß seine Nachforschungen begann, waren dieselben, trotzdem daß er keine Mühe sparte, von keinem Erfolge begleitet. Er fand wohl eine

Menge Weiber, die sich zu dem Amte einer Krankenwärterin erboten; aber es waren lauter Bäuerinnen mit rauhen Stimmen, plumpen Händen und schweren Füßen, wohl gutherzig und bereitwillig, dabei aber viel zu unbeholfen und ungeschickt, um an das Bett einer solchen Dame, wie Mistreß Frankland, gestellt zu werden.

Die Morgenstunden vergingen und der Nachmittag kam, aber immer noch hatte Doctor Orridge für die erkrankte Wärterin keine Substitutin gefunden, die er wagen konnte zu engagiren.

Um zwei Uhr hatte er eine halbstündige Fahrt nach einem Landhause vor sich, wo er ein krankes Kind zu besuchen hatte.

„Vielleicht fällt mir auf dem Hin- oder auf dem Herwege eine passende Person ein“, dachte Doctor Orridge, als er in seine Chaise stieg. „Ich habe ja bis zur Zeit meines Abendbesuchs in dem Hotel noch einige Stunden vor mir.“

Mit der besten Absicht von der Welt, den ganzen Weg nach dem Landhause entlang sich den Kopf zerbrechend, erreichte Doctor Orridge das Ziel seiner Bestimmung, ohne zu einem andern Schlusse gekommen zu sein, als daß er ja auch Mistreß Norbury, die Dame, deren krankes Kind er zu besuchen im Begriff stand, von seiner Verlegenheit in Kenntniß setzen und um Rath fragen könne.

Er hatte sie besucht, als er die Kundschaft von West Winston gekauft und in ihr eine jener offenen, gutmüthigen, in mittlern Lebensjahren stehenden Frauen gefunden, die man gewöhnlich mit dem Prädikat „mütterlich“ bezeichnet. Ihr Gatte war ein Landedelmann, bekannt wegen seiner alten Politik, seiner alten Witze und seines alten Weins. Er hatte den herzlichen Empfang, den seine Frau dem neuen Doctor angedeihen ließ, mit all den gewöhnlichen scherzhaften Redensarten unterstützt, welchen zufolge er ihm niemals Beschäftigung geben und nie andere Flaschen in sein Haus bringen lassen wolle, als solche, welche in den Keller hinuntergeschafft würden.

Doctor Orridge lachte über ihn, während er seine Gattin liebgewinnen lernte, und er meinte deshalb jetzt, es könne nichts schaden, wenn er, ehe er alle Hoffnung aufgäbe, eine passende Wärterin zu finden, Mistreß Norbury als eine alte Bewohnerin der Umgegend von West Winston um ihren Rath fragte.

Nachdem er demgemäß das Kind gesehen und erklärt, daß an dem kleinen Patienten keinerlei beunruhigende Symptome wahrzunehmen wären, bahnte er den Weg für die Darlegung der Verlegenheit, in der er sich befand, dadurch, daß er Mistreß Norbury fragte, ob sie schon von dem „interessanten Vorfall“ gehört, welcher sich in dem Tigerkopf ereignet habe.

„Sie meinen“, antwortete Mistreß Norbury, die eine offene, biedere Frau war und stets ohne alle Umstände sprach, „Sie meinen, ob ich von der armen unglücklichen Dame gehört habe, die auf ihrer Reise unwohl ward und in dem Gasthause von einem Kinde entbunden worden ist? Das haben wir allerdings gehört, aber weiter nichts, denn wir leben hier, Gott sei Dank, abgesondert von allem Stadtklatsch. Wie befindet sich denn die arme junge Dame? Wer ist sie denn? Ist das

Kind munter? Kann ich ihr etwas schicken oder sonst etwas für sie thun?"

„Ja, Sie könnten ihr einen großen Dienst leisten und dadurch auch zugleich mir einen großen Gefallen thun", entgegnete Doctor Orridge, „wenn Sie mir nämlich eine achtbare solide Frau in dieser Umgegend nachweisen könnten, welche die Stelle einer Wärterin bei ihr vertreten könnte."

„Wie? Hat denn die arme Frau nicht einmal eine Wärterin!" rief Mistreß Norbury.

„O, sie hatte die allerbeste Wärterin in West Winston", entgegnete Doctor Orridge, „unglücklicherweise aber ward diese heute morgen krank und mußte nach Hause gehen. Nun weiß ich meines Leibes keinen Rath, wo ich eine andere herbekommen soll. Mistreß Frankland ist daran gewöhnt, gut abgewartet zu werden, und ich weiß nun nicht, wo ich eine Person finden soll, von der sich voraussetzen läßt, daß sie diesen Ansprüchen genügen werde."

„Frankland, sagten Sie, ist ihr Name?" fragte Mistreß Norbury.

„Ja, sie ist, wie ich höre, eine Tochter jenes Kapitän Treverton, der vor einem Jahre in Westindien mit seinem Schiffe verunglückte. Vielleicht entsinnen Sie sich, den Bericht von diesem Unglücksfalle in den Zeitungen gelesen zu haben."

„Ja wohl entsinne ich mich, und ich entsinne mich auch des Kapitäns selbst. Ich war mit ihm in Portsmouth bekannt, als er noch ein junger Mann war. Seine Tochter und ich dürfen einander nicht als Fremde betrachten, besonders nicht unter den Umständen, in welchen das arme Wesen sich jetzt befindet. Ich werde sie in dem Hotel besuchen, lieber Doctor, sobald Sie mir erlauben, mich ihr vorzustellen. Was ist aber mittlerweile in dieser Verlegenheit wegen der Wärterin zu thun? Wer ist jetzt bei Mistreß Frankland?"

„Ihr Kammermädchen; diese ist aber eine sehr junge Person und versteht nichts von Krankenpflege. Die Wirthin des Gasthofes ist allerdings bereit zu helfen, wo sie kann, wird aber zu sehr von ihren häuslichen Verrichtungen in Anspruch genommen. Wahrscheinlich werden wir nach London telegraphiren und jemanden auf der Eisenbahn hierher schicken lassen."

„Und darüber wird natürlich Zeit vergehen und die neue Wärterin ist vielleicht, wenn Sie sie da haben, eine Säuferin, oder eine Diebin, oder beides", sagte die mit der Sprache gerade herausgehende Mistreß Norbury. „Mein Himmel, können wir denn da nichts Besseres thun? Ich bin gern bereit, mich jeder Mühe zu unterziehen und jedes Opfer zu bringen, wenn ich mich Mistreß Frankland dadurch nützlich machen kann. Wissen Sie, lieber Doctor, ich glaube, es wäre gut, wenn wir meine Haushälterin, Mistreß Jazeph, zu Rathe zögen. Sie ist eine sonderbare Frau mit einem sonderbaren Namen, werden Sie sagen. Aber sie ist nun über fünf Jahre hier bei uns und kennt vielleicht jemanden hier in der Nähe, der Ihnen paßt."

Mit diesen Worten zog Mistreß Norbury die Klingel und befahl dem hierauf eintretenden Diener, Mistreß Jazeph zu sagen, daß sie sogleich heraufkommen solle.

Nach Verlauf von einigen Minuten ward leise an die Thür gepocht und die Haushälterin trat in das Zimmer.

Doctor Orridge betrachtete sie in dem Augenblick, wo sie erschien, mit einem Interesse und einer Neugierde, die er sich nicht erklären konnte. Er schätzte auf den ersten flüchtigen Blick ihr Alter auf ungefähr fünfzig Jahre. Gleichzeitig entdeckte sein ärztliches Auge, daß ein Theil der verwickelten Maschinerie des Nervensystems bei Mistreß Jazeph in Unordnung gerathen sein müsse. Er bemerkte das schmerzliche Arbeiten der Muskeln ihres Gesichts und die hektische Röthe, die ihr in die Wangen stieg, als sie in das Zimmer trat und den Fremden hier antraf. Er bemerkte ferner einen seltsamen scheuen Blick in ihren Augen und daß dieser sie auch nicht verließ, obschon ihr übriges Gesicht allmälig den Ausdruck der Fassung gewann.

„Dieses Weib hat mit einem furchtbaren Schrecken oder mit einem großen Kummer, oder mit einer abzehrenden Krankheit zu kämpfen gehabt“, dachte er bei sich selbst. „Ich möchte wissen, was von diesen dreien es gewesen ist.“

„Das ist der Herr Doctor Orridge, der sich seit einiger Zeit in West Winston niedergelassen hat“, sagte Mistreß Norbury zu der Haushälterin. „Er hat eine Dame zu behandeln, welche auf ihrer Reise nach dem Westen an unserer Station hat Halt machen müssen und jetzt im Tigerkopf wohnt. Ihr habt wohl schon davon gehört, Mistreß Jazeph, wie?“

Mistreß Jazeph, die dicht an der Schwelle stehen

geblieben war, sah den Doctor ehrerbietig an und antwortete bejahend. Obschon sie blos die beiden gewöhnlichen Worte „Ja, Madame“, in ruhiger, theilnahmloser Weise sagte, so ward Doctor Orridge doch von dem sanften Wohllaut ihrer Stimme betroffen. Hätte er sie nicht angesehen, so würde er geglaubt haben, es sei die Stimme eines jungen Frauenzimmers. Seine Augen blieben, nachdem sie gesprochen, auf sie geheftet, obschon er fühlte, daß er ihre Herrin hätte ansehen sollen. Er, der sonst auf dergleichen Dinge gar nicht achtete, musterte ihren Anzug, sodaß er sich noch lange nachher der Form der makellosen Musselinhaube, welche sauber ihr glattes graues Haar bedeckte, sowie der ruhigen braunen Farbe des seidenen Kleides erinnerte, welches so nett paßte und in so spärlichen, sittsamen Falten um sie herumhing.

Die Verlegenheit, welche sie offenbar empfand, als sie sah, daß sie der Gegenstand der Aufmerksamkeit des Doctors war, verleitete sie doch nicht zu der geringsten Unbeholfenheit in ihren Geberden oder ihrem Benehmen. Wenn es, physisch gesprochen, eine Grazie der Zurückhaltung geben kann, so war dies die Grazie, welche Mistreß Jazeph in ihren geringsten Bewegungen zu leiten schien, die sie bewog, ihren Fuß leicht über den Teppich hinweggleiten zu lassen, als sie näher trat, während ihre Herrin sie wieder anredete; welche die Bewegung ihrer hagern rechten Hand beherrschte, als dieselbe leicht auf einem Tische ruhte, während sie stehen blieb, um die nächste an sie gerichtete Frage zu hören.

„Nun wohl“, fuhr Mistreß Norbury fort, „diese arme Dame war so ziemlich gut versorgt, als die Wärterin, die mit ihrer Pflege beauftragt war, heute Morgen krank ward, und nun liegt sie an einem fremden Orte zum ersten Male als Wöchnerin ohne geeignete Abwartung — ohne eine bejahrte erfahrene Frau zu ihrem Beistand zu haben. Wir suchen deshalb jemand, der geeignet ist, jene zarte Dame, welche die rauhe Seite des Lebens nie kennen gelernt hat, zu bedienen. Doctor Orridge weiß nicht sogleich innerhalb eines Tages jemanden zu finden und ich kann ihm auch niemanden nennen. Könnt Ihr uns vielleicht beistehen, Mistreß Jazeph? Gibt es vielleicht unten im Dorfe oder unter Mr. Norbury's Pächtern Frauen, welche etwas von Krankenpflege verstehen und außerdem noch den nöthigen Grad von Tact und Zartgefühl besitzen?"

Mistreß Jazeph dachte eine kleine Weile nach und sagte dann sehr ehrerbietig, aber auch sehr kurz und immer noch ohne sich, wie es schien, für die Sache zu interessiren, sie kenne niemanden, den sie empfehlen könnte.

„Erklärt dies nicht allzu bestimmt, so lange Ihr nicht noch ein wenig länger nachgedacht habt", sagte Mistreß Norbury. „Ich habe ein ganz besonderes Interesse, dieser Dame zu dienen, denn der Doctor sagte mir gerade ehe Ihr eintratet, es sei die Tochter des Kapitäns Treverton, dessen Schiffbruch —"

In dem Augenblick, wo diese Worte gesprochen wurden, drehte sich Mistreß Jazeph plötzlich herum und sah den Doctor an. Sie schien zu vergessen, daß ihre rechte Hand auf dem Tische ruhte und bewegte dieselbe so plötzlich, daß sie damit an die bronzene Statuette des

Hundes stieß, die auf einigen Schreibmaterialien stand. Die Statuette fiel auf den Fußboden herab und Mistreß Jazeph bückte sich, um sie aufzuheben mit einem Schreckensruf, der im Vergleich mit der geringfügigen Ursache des Unfalls seltsam übertrieben zu sein schien.

„Nun was erschreckt Ihr denn so?“ rief Mistreß Norbury. „Der Hund ist nicht zerbrochen — setzt ihn nur wieder hin! Das ist das erste Mal, Mistreß Jazeph, daß ich von Euch eine ungeschickte Bewegung sehe. Ihr könnt dies, glaube ich, als ein Compliment betrachten. Also, wie ich sagte, diese Dame ist die Tochter des Kapitäns Treverton, dessen furchtbarer Schiffbruch in den Zeitungen berichtet ward. Ich war in meiner Jugend mit ihrem Vater bekannt und aus diesem Grunde liegt mir doppelt daran, ihr jetzt behülflich zu sein. Ueberlegt es Euch noch einmal. Ist wirklich niemand hier in der Nähe, dem man ihre Abwartung anvertrauen könnte?“

Der Doctor, welcher Mißreß Jazeph immer noch mit jenem geheimen ärztlichen Interesse beobachtete, hatte sie, als sie zusammenfuhr und nach ihm hinschaute, so todtenbleich werden sehen, daß er sich nicht gewundert hätte, wenn sie auf der Stelle ohnmächtig geworden wäre. Jetzt bemerkte er, daß sie, als ihre Herrin aufhörte zu sprechen, abermals die Farbe wechselte. Die hektische Röthe erzeugte auf ihren Wangen abermals zwei helle Flecken. Ihre schüchternen Augen schweiften ruhig im Zimmer umher und ihre Finger flochten sich, während sie die Hände faltete, mechanisch ineinander.

„Es wäre das ein sehr interessanter Fall, wenn man ihn zu behandeln hätte“, dachte der Doctor, während er jede nervöse Bewegung der Hände der Haushälterin mit wachsamen Augen beobachtete.

„Ueberlegt es Euch noch einmal“, wiederholte Mistreß Norbury. „Es liegt mir gar so viel daran, dieser armen Dame aus ihrer Verlegenheit zu helfen.“

„Es thut mir sehr leid“, sagte Mistreß Jazeph in leisem, zitternden Tone, aber immer noch mit demselben Wohlklang in ihrer Stimme, „es thut mir sehr leid, daß ich mich auf niemanden besinnen kann, der sich dazu eignete, aber —“

Sie stockte. Kein schüchternes Kind hätte bei seiner ersten Einführung in die Gesellschaft von Fremden befangener aussehen können, als sie jetzt aussah. Ihre Augen hafteten auf dem Boden, ihre Farbe ward dunkler und die Finger ihrer gefalteten Hände arbeiteten jeden Augenblick schneller und schneller.

„Aber was?“ fragte Mistreß Norbury.

„Ich wollte eben sagen, Madame“, antwortete Mistreß Jazeph, indem sie mit der größten Mühe und Befangenheit sprach und ohne ihre Augen zu dem Gesicht ihrer Herrin zu erheben, „damit es dieser Dame nicht an einer Wärterin fehle, würde ich — da Sie sich einmal so sehr für sie interessiren — wenn Sie glaubten, mich entbehren zu können —“

„Wie, Ihr wollt selbst die Stelle einer Wärterin bei Ihr übernehmen?“ rief Mistreß Norbury. „In der That, obschon Ihr einen langen Umweg eingeschlagen habt, so seid Ihr doch endlich auf eine Weise zur Sache gekommen, die Eurem guten Herzen und Eurer Bereitwilligkeit, Euch nützlich zu machen, zur großen Ehre gereicht. Was die Frage, ob ich Euch entbehren könne, betrifft, so bin ich natürlich unter den obwaltenden Umständen nicht so egoistisch, daß ich mich an die Unbequemlichkeit, meine Haushälterin einzubüßen, stoßen sollte. Die Frage ist aber: seid Ihr auch ebenso fähig als bereitwillig? Habt Ihr jemals Erfahrung in der Krankenpflege gehabt?"

„Ja, Madame", antwortete Mistreß Jazeph, immer noch ohne die Augen vom Boden zu erheben. „Kurz nach meiner Verheirathung" — die Röthe verschwand und ihr Gesicht ward wieder bleich, indem sie diese Worte sagte — „beschäftigte ich mich mit Krankenpflege und fuhr mit einigen Unterbrechungen damit fort bis zur Zeit des Todes meines Mannes. Ich erbiete mich blos", fuhr sie fort, indem sie sich zu dem Doctor wendete und in ihrem Wesen immer gefaßter ward, „ich erbiete mich blos mit Erlaubniß meiner Herrin zur Stellvertreterin einer Wärterin, bis man eine besser geeignete Person finden kann."

„Was meinen Sie, Doctor?" fragte Mistreß Norbury.

Die Reihe des Stutzigwerdens war an den Doctor gekommen, als er hörte, daß Mistreß Jazeph sich selbst zu dem Amte einer Wärterin erbot. Er zögerte, ehe er Mistreß Norbury's Frage beantwortete, dann sagte er:

„Ich kann in Bezug auf die Angemessenheit, Mistreß Jazeph's Anerbieten dankbar anzunehmen, nur einen Zweifel haben."

Mistreß Jazeph's schüchterne Augen sahen ihn ängstlich und verlegen an während er sprach. Mistreß Norbury fragte in ihrer offenen, kurz angebundenen Weise sofort, was für ein Zweifel dies sei.

„Ich weiß nicht“, entgegnete der Doctor, „ob Mistreß Jazeph — sie wird es mir als Arzt nicht übel nehmen, daß ich es erwähne — ob Mistreß Jazeph kräftig genug ist und ob sie ihre Nerven hinreichend in der Gewalt hat, um die Pflichten zu erfüllen, welche sie so freundlich sich bereit erklärt, zu übernehmen.“

Trotz der Höflichkeit dieser Erklärung ward Mistreß Jazeph augenscheinlich aus der Fassung gebracht und in Verlegenheit gesetzt. Eine gewisse stille, resignirte Wehmuth, die sehr rührend zu sehen war, sprach sich auf ihrem Gesicht aus, während sie sich, ohne weiter ein Wort zu sagen, abwendete und langsam nach der Thür ging.

„Geht noch nicht!“ rief Mistreß Norbury freundlich, „oder wenigstens, wenn Ihr geht, so kommt in fünf Minuten wieder. Ich bin überzeugt, daß wir Euch dann etwas Weiteres zu sagen haben werden.“

Mistreß Jazeph's Augen sprachen ihren Dank durch einen einzigen erkenntlichen Blick aus. Sie sahen, während sie auf dem Gesicht ihrer Herrin ruhten, so viel heller als gewöhnlich, daß Mistreß Norbury zu bemerken glaubte, es stünden Thränen darin. Ehe sie aber noch einmal hinsehen konnte, hatte Mistreß Jazeph sich gegen den Doctor verneigt und geräuschlos das Zimmer verlassen.

„Jetzt, wo wir allein sind, Doctor“, sagte Mistreß Norbury, „kann ich Ihnen mit aller Achtung vor Ihrem ärztlichen Urtheil sagen, daß Sie Mistreß Jazeph's Nervenschwäche ein wenig überschätzen. Sie sieht allerdings sehr kränklich aus, das gestehe ich; nachdem ich sie aber fünf Jahre bei mir gehabt, kann ich Ihnen sagen, daß sie weit kräftiger ist als sie aussieht, und ich glaube aufrichtig, daß Sie Mistreß Frankland einen guten Dienst erzeigen, wenn sie unsere freiwillige Wärterin wenigstens ein paar Tage auf Probe nehmen. Sie ist das sanfteste, zarteste Geschöpf, welches ich jemals kennen gelernt und bei Erfüllung jeder Pflicht, die sie übernimmt, fast übertrieben gewissenhaft. Auf mich brauchen Sie durchaus keine Rücksicht zu nehmen. Ich habe erst vorige Woche eine Tischgesellschaft gegeben und werde es nicht sobald wieder thun, sodaß ich meine Haushälterin zu keiner Zeit leichter hätte entbehren können als gerade jetzt."

„Ich sage Ihnen Dank, sowohl in Mistreß Frankland's Namen als in meinem eigenen", entgegnete Doctor Orridge. „Nach dem, was Sie gesagt haben, wäre es undankbar und unhöflich, wenn man Ihren Rath nicht befolgen wollte. Sie werden mich indessen entschuldigen, wenn ich noch eine einzige Frage thue. Hörten Sie vielleicht, daß Mistreß Jazeph irgendwelchen körperlichen Zufällen unterworfen ist?"

„Niemals, seitdem sie in diesem Hause ist."

„Sie überraschen mich; es liegt in ihrem Blick und Wesen etwas —"

„Ja, ja; jedermann bemerkt dies anfangs, aber es hat weiter nichts zu bedeuten, als daß ihre Gesundheit nicht die beste ist und daß sie in ihren jüngern Jahren, wie ich vermuthe, kein sehr glückliches Leben gehabt hat. Die Dame, von welcher sie mit einem ganz vortrefflichen Zeugniß zu mir kam, erzählte mir, sie habe sich, während sie sich in einem traurigen, schutzlosen Zustande befunden, unglücklich verheirathet. Sie selbst spricht niemals von ihrem ehelichen Leide, ich glaube aber, ihr Mann hat sie nicht gut behandelt. Indessen glaube ich, daß dies uns weiter nichts angeht. Ich kann Ihnen blos nochmals sagen, daß sie während der letztvergangenen fünf Jahre hier ganz vortreffliche Dienste geleistet hat und daß ich an Ihrer Stelle, so schwächlich sie auch aussieht, sie als die beste Wärterin betrachten würde, welche Mistreß Frankland unter den obwaltenden Umständen möglicherweise wünschen kann. Ich brauche wohl nichts weiter zu sagen. Nehmen Sie Mistreß Jazeph oder telegraphiren Sie nach London und lassen Sie eine Fremde kommen — die Entscheidung steht bei Ihnen."

Doctor Orridge glaubte in Mistreß Norbury's letzten Worten einen leichten Anflug von Reizbarkeit zu entdecken. Er war ein kluger Mann und unterdrückte lieber alle Zweifel, die er vielleicht in Bezug auf Mistreß Jazeph's körperliche Befähigung zur Krankenwärterin noch hegte, als daß er es auf die Gefahr ankommen lassen wollte, die angesehenste Dame in der Umgegend gleich beim Beginn seiner ärztlichen Praxis in West Winston zu beleidigen.

„Nach dem, was Sie die Güte gehabt, mir zu sagen, kann ich keinen Augenblick länger zögern", sagte er. „Ich erlaube mir daher, Ihre Güte und das Anerbieten Ihrer Haushälterin dankbar anzunehmen."

Mistreß Norbury zog die Klingel. Auf den Ruf derselben erschien sofort die Haushälterin selbst wieder. Der Doctor fragte sich, ob sie vielleicht an der Thür gehorcht, und fand es, wenn sie dies gethan, sehr seltsam, daß sie so begierig war, seine Entscheidung zu erfahren.

„Der Doctor nimmt Euer Anerbieten mit Dank an“, sagte Mistreß Norbury, indem sie Mistreß Jazeph winkte, näher zu treten. „Ich habe ihn überredet, daß Ihr nicht so schwach und kränklich seid, wie Ihr ausseht.“

Ein Schimmer freudiger Ueberraschung verklärte das Gesicht der Haushälterin. Es sah plötzlich um viele Jahre jünger, während sie lächelte und ihren Dank für das Vertrauen aussprach, welches man im Begriff stand in sie zu setzen. Zum ersten Male auch seitdem der Doctor sie gesehen, wagte sie zu sprechen, ehe sie angeredet ward.

„Wann wird meine Gegenwart verlangt werden, Sir?“ fragte sie.

„Sobald als möglich“, entgegnete der Doctor.

Wie rasch und hell schienen ihre trüben Augen sich aufzuklären, als sie diese Antwort hörte! Wie weit hastiger als ihre gewöhnlichen Bewegungen war die, mit welcher sie sich jetzt herumdrehte und ihre Herrin bittend ansah.

„Geht sobald der Doctor es wünscht“, sagte Mistreß Norbury. „Ich weiß, daß Eure Wirthschaftsbücher stets in Ordnung sind und Eure Schlüssel stets an den geeigneten Orten hängen; Ihr macht niemals Unordnung. Geht sobald der Doctor es wünscht.“

„Ihr habt wohl noch erst einige Vorbereitungen zu treffen?“ sagte Doctor Orridge.

„Keine, die mich länger als eine halbe Stunde aufzuhalten brauchte“, antwortete Mistreß Jazeph.

„Heute Abend ist Zeit genug“, sagte der Doctor, indem er seinen Hut nahm und sich gegen Mistreß Norbury verneigte. „Kommt nur in den Tigerkopf und fragt nach mir. Zwischen sieben und acht Uhr werde ich dort sein. Nochmals vielen Dank, Mistreß Norbury.“

„Meine besten Wünsche und Complimente an Ihre Patientin, Doctor.“

„Also im Tigerkopf, heute Abend zwischen sieben und acht Uhr“, wiederholte Doctor Orridge, während die Haushälterin ihm die Thür öffnete.

„Zwischen sieben und acht Uhr, Sir“, wiederholte die sanfte, anmuthige Stimme, die jetzt, wo ihr Ton eine Beimischung von Freude hatte, jünger klang als je.

Neuntes Kapitel.

Die neue Wärterin.

Als die Uhr Sieben schlug, setzte Doctor Orridge seinen Hut auf, um nach dem Tigerkopfe zu gehen. Eben hatte er seine Thür geöffnet, als ihm auf der Schwelle ein Bote entgegentrat, der ihn wegen eines plötzlichen Krankheitsfalles sofort nach dem armen Theile der Stadt abrief. Die Fragen, die er an den Boten stellte, überzeugten ihn, daß es sich hier wirklich um einen dringlichen Fall handelte und daß er sein Erscheinen in dem Gasthause um kurze Zeit verschieben mußte.

Als er an das Bett des Patienten trat, entdeckte er an demselben Symptome, welche eine sofortige Operation nothwendig machten. Die Vollziehung derselben beschäftigte ihn einige Zeit und es war daher dreiviertel auf Acht als er sein Haus zum zweiten Mal verließ, um sich nach dem Tigerkopf zu begeben.

Als er die Schwelle des Gasthauses überschritt, meldete man ihm, daß die neue Wärterin schon um sieben Uhr angekommen sei und ihn im Zimmer der Wirthin erwarte. Da die Wirthin keine Instruction von dem Doctor erhalten hatte, so hatte sie geglaubt, es sei am gerathensten, die fremde Frau nicht zu Mistreß Frankland zu führen bevor der Doctor käme.

„Verlangte sie, in Mistreß Frankland's Zimmer hinaufzugehen?“ fragte Doctor Orridge.

„Ja, Sir“, entgegnete die Wirthin, „und es schien mir, als wäre es ihr nicht recht, als ich sagte, sie müsse warten bis Sie da wären. Wollen Sie hier hereinkommen und sogleich mit ihr sprechen? Sie ist in meinem kleinen Besuchzimmer.“

Doctor Orridge folgte der Wirthin in ein kleines Zimmer auf der Hinterseite des Hauses und sah Mistreß Jazeph allein in dem von dem Fenster am weitesten entfernten Winkel sitzen.

Er war ein wenig überrascht zu sehen, daß sie, in dem Augenblick, wo die Thür geöffnet ward, ihren Schleier vor das Gesicht zog.

„Es thut mir leid, daß ich Euch habe warten lassen“, sagte er, „aber ich ward zu einem Kranken gerufen. Uebrigens sagte ich Euch, zwischen Sieben und Acht, wie Ihr Euch entsinnen werdet, und es ist noch nicht Acht.“

„Ich wollte nicht versäumen, recht zeitig hier zu sein, Sir“, sagte Mistreß Jazeph.

Es lag in dem ruhigen Ton, in welchem sie sprach, ein Ausdruck von Zürückhaltung, der dem Doctor auffiel und ihn ein wenig befremdete. Sie fürchtete augenscheinlich nicht blos, daß ihr Gesicht etwas verrathen, sondern auch, daß ihre Stimme mehr sagen möchte als ihre Worte ausdrückten.

Welches Gefühl war sie so eifrig bedacht zu verbergen? War es Gereiztheit, daß man sie so lange allein in dem Zimmer der Wirthin hatte warten lassen?

„Wenn Ihr mir folgen wollt", sagte Doctor Orridge, „so will ich Euch sofort zu Mistreß Frankland führen."

Mistreß Jazeph erhob sich langsam und als sie auf ihren Füßen stand, ruhte ihre Hand einen Augenblick auf einem Tisch in ihrer Nähe. Dieser Umstand, so vorübergehend er auch war, bestärkte den Doctor noch mehr in seiner Ueberzeugung von ihrer körperlichen Untauglichkeit für die Stellung, zu deren Uebernahme sie sich freiwillig erboten.

„Ihr scheint müde zu sein", sagte er, indem er ihr voran aus dem Zimmer hinausging. „Ihr habt doch nicht etwa den ganzen weiten Weg zu Fuße gemacht?"

„Nein, Sir, meine Herrin war so gütig, mich von einem der Diener in der Ponychaise herfahren zu lassen."

Es lag, indem sie diese Antwort gab, wieder dieselbe Zurückhaltung in ihrer Stimme und immer noch versuchte sie nicht, ihren Schleier zurückzuschlagen. Während man so die Treppe des Gasthauses hinaufging, nahm der Doctor sich im Stillen vor, ihr erstes Thun und Wesen in Mistreß Frankland's Zimmer genau zu beobachten und auf jeden Fall doch noch nach der londoner Wärterin zu schicken, wenn Mistreß Jazeph nicht ganz besondere Begeisterung und Tauglichkeit bei Erfüllung ihrer neuen Pflichten an den Tag legte.

Das Zimmer, welches Mistreß Frankland einnahm, befand sich in dem hintern Theile des Hauses und war gewählt worden, um sie so viel als möglich von dem Geräusch und Lärm um das Eingangsthor des Gasthauses herum zu entfernen. Es ward von einem einzigen Fenster erleuchtet, welches die Aussicht auf einige kleine Häuser hatte, jenseits deren sich die fruchtbaren Weideplätze von West Somersetshire hinzogen, die durch eine lange, eintönige Kette dichtbewaldeter Hügel begrenzt wurden.

Das Bett war von altväterischer Art mit dem hergebrachten Himmel und den unvermeidlichen Damastvorhängen. Es ragte von der Wand bis in die Mitte des Zimmers vor und stand so, daß die Thür sich zur rechten Hand der darin liegenden Person, das Fenster links und das Kamin dem Fuß des Bettes gegenüber befand. Auf der dem Fenster zugekehrten Seite des Bettes waren die Vorhänge geöffnet, während sie am Fuße und an der Seite in der Nähe der Thür dicht zugezogen waren.

Infolge dieses Arrangements war das Innere des Bettes den Blicken eines Jeden bei seinem ersten Eintritt in das Zimmer entzogen.

„Wie fühlen Sie sich heute Abend, Mistreß Frankland?“ fragte Doctor Orridge, indem er die Hand ausstreckte, um die Vorhänge zurückzuschlagen. „Glauben Sie, daß Ihnen eine etwas freiere Circulation der Luft nachtheilig sei?“

„Im Gegentheil, Doctor, ich werde mich dann nur um so wohler fühlen“, war die Antwort. „Ich fürchte aber — im Fall Sie bis jetzt geneigt gewesen sind, mich für eine verständige Frau zu halten — daß mein Charakter in ihren Augen ein wenig leiden wird, wenn Sie sehen, wie ich mich während der letzten Stunde beschäftigt habe."

Doctor Orridge lächelte während er die Vorhänge zurückzog und lachte geradeaus, als er die Mutter und das Kind ansah.

Mistreß Frankland hatte sich einen Zeitvertreib gemacht und ihre Vorliebe für bunte Farben dadurch befriedigt, daß sie ihren Kleinen während er schlief mit blauen Bändern herausgeputzt. Er hatte ein Halsband, Achselschleifen und Armbänder, alle von blauer Seide; um dieses sonderbare Costüm vollständig zu machen, hatte ihm seine Mutter ihre kleine, nette Spitzenhaube in höchst komischer Weise seitwärts auf den Kopf gesetzt.

Rosamunde selbst trug, als ob sie sich vorgenommen hätte, mit ihrem Söhnchen in dieser Beziehung zu wetteifern, eine blaßrothe Jacke, die an der Brust herab und auf den Aermeln mit Schleifen von weißem Atlasband geziert war. Diesen Morgen gepflückte Jasminblüten lagen auf der weißen Decke umhergestreut, gemischt mit einigen „Lilien des Thales", die mit schmalem, kirschfarbenem Bande zu zwei Sträußen zusammengebunden waren.

Auf diese bunte Zusammenstellung von Farben, auf die rothen Wangen und Arme des Säuglings, auf das glückliche, jugendliche Gesicht der Mutter strömte ruhig und warm das zarte Licht des Maiabends herab.

Den Reiz des Gemäldes, welches er durch das Zurückziehen der Vorhänge enthüllt, vollkommen würdigend, stand der Doctor da und betrachtete es einige Minuten lang, ganz die Angelegenheit vergessend, welche ihn in das Zimmer geführt. Er ward zur Erinnerung an die neue Wärterin nur durch eine zufällige Frage aufgerüttelt, welche Mistreß Frankland an ihn richtete.

„Ich kann nicht umhin, Doctor“, sagte Rosamunde mit einem Blick, der um Entschuldigung bat, „ich kann nicht umhin, mein Kind jetzt, wo ich eine erwachsene Frau bin, gerade so zu behandeln, wie ich meine Puppe zu behandeln pflegte, als ich noch ein kleines Mädchen war. Kam nicht jemand mit Ihnen ins Zimmer? Lenny, bist Du da? Bist Du fertig mit dem Diner, Geliebter, und hast Du meine Gesundheit getrunken, als Du allein beim Dessert saßest?“

„Mr. Frankland ist noch beim Diner“, entgegnete der Doctor, „aber allerdings habe ich jemand mit hereingebracht. Wo um's Himmels willen ist sie denn hin? — Mistreß Jazeph!“

Die Haushälterin war nach dem Theile des Zimmers zwischen dem Fuß des Bettes und dem Kamin geschlüpft, wo sie durch die noch zugezogenen Vorhänge verdeckt ward. Als Doctor Orridge sie rief, erschien sie, anstatt sich neben ihm dem Fenster gegenüber zu stellen, an der andern Seite des Bettes, wo das Fenster hinter ihr war. Ihr Schatten stahl sich unheimlich über das reizende Bild, welches der Doctor soeben bewundert. Er fiel schräg über die Bettdecke und seine dunkeln Ränder berührten die Gestalten der Mutter und des Kindes.

„Um's Himmels willen, wer seid Ihr?“ rief Rosamunde, — „ein Weib oder ein Geist?“

Mistreß Jazeph hatte ihren Schleier endlich in die Höhe geschlagen. Obschon ihr Gesicht auf dem Platze, den es ihr einzunehmen beliebt, nothwendig im Schatten stand, so sah der Doctor doch eine Veränderung darin vorgehen, als Mistreß Frankland sprach. Die Lippen theilten sich und zitterten ein wenig, die Spuren von Sorge und Alter um den Mund herum wurden tiefer und die Augenbrauen zogen sich plötzlich zusammen. Die Augen konnte Doctor Orridge nicht sehen, sie waren bei dem ersten Wort, welches Rosamunde sprach, auf die Bettdecke geheftet. Nach seiner ärztlichen Erfahrung urtheilend, schloß der Doctor, daß sie Schmerz litte und sich bemühte, jede äußere Kundgebung desselben zu unterdrücken.

„Höchst wahrscheinlich eine Affection des Herzens", dachte er bei sich selbst. „Sie hat dieselbe vor ihrer Herrin verheimlicht, vor mir aber kann sie sie nicht verheimlichen."

„Wer seid Ihr?" wiederholte Rosamunde. „Und warum stellt Ihr Euch hierher — zwischen uns und das Sonnenlicht?"

Mistreß Jazeph antwortete weder, noch hob sie ihre Augen auf. Sie bewegte sich blos schüchtern zurück bis in die entfernteste Ecke des Fensters.

„Haben Sie nicht heute nachmittag eine Botschaft von mir erhalten?" fragte der Doctor, zu Mistreß Frankland gewendet.

„Ja wohl", entgegnete Rosamunde, „eine sehr freundliche, schmeichelhafte Nachricht in Bezug auf eine neue Wärterin."

„Das ist sie", sagte Doctor Orridge, indem er über das Bett hinüber auf Mistreß Jazeph zeigte.

„Wirklich?" rief Rosamunde. „Ja wohl muß sie

es sein! Wer könnte sonst mit Ihnen hereingekommen sein? Das hätte ich gleich wissen können! O bitte, kommt her — wie heißt sie, Doctor? Joseph, sagten Sie? — Nein? — Jazeph? — ich bitte Euch, tretet näher, Mistreß Jazeph, und entschuldigt, daß ich so unfreundlich zu Euch sprach. Ich bin mehr Dank schuldig als ich sagen kann, daß Ihr so freundlich seid, hierherzukommen, und daß Eure Herrin so gütig ist, Euch mir zu überlassen. Ich hoffe, ich werde Euch nicht all zu viel Mühe machen und bin überzeugt, Ihr werdet auch mit dem Knaben leicht fertig werden. Er ist ein wahrer Engel und schläft wie ein Hamster. Aber, mein Himmel, jetzt wo ich Euch genauer ansehe, fürchte ich, daß Ihr selbst nicht bei guter Gesundheit seid! Doctor, wenn Mistreß Jazeph es nicht übel nimmt, möchte ich fast sagen, sie sähe aus, als ob sie selbst der Pflege bedürfte."

Mistreß Jazeph neigte sich über die Jasminblüten auf dem Bette und begann sie eilig aufzulesen.

„Ich dachte auch so wie Sie, Mistreß Frankland", entgegnete der Doctor. „Man hat mir aber gesagt, daß Mistreß Jazeph's Aussehen täusche und daß ihre Fähigkeiten als Wärterin ihrem Eifer völlig gleichkommen."

„Wollt Ihr diese Blüten zu einem Strauße zusammenbinden?" fragte Mistreß Frankland, als sie bemerkte, wie die neue Wärterin sich beschäftigte. „Wie rücksichtsvoll von Euch! Und was für ein prächtiger Strauß wird es werden! Ich fürchte, ihr werdet das Zimmer sehr unsauber finden. Ich will meiner Zofe klingeln, damit sie aufräume."

„Wenn Sie mir erlauben wollen, es in Ordnung

zu bringen, Madame, so werde ich mich sehr freuen, Ihnen auf diese Weise nützlich sein zu können", sagte Mistreß Jazeph.

Indem sie dies Anerbieten machte, blickte sie auf und ihre Augen und die Mistreß Frankland's begegneten sich. Rosamunde legte den Kopf sofort auf den Pfühl zurück und wechselte ein wenig die Farbe.

„Wie seltsam Ihr mich anseht!" sagte sie.

Mistreß Jazeph fuhr bei diesen Worten zusammen, als ob sie einen Stich empfände und trat rasch hinweg ans Fenster.

„Ihr habt mir doch meine Bemerkung nicht übel genommen?" sagte Rosamunde, diese Bewegung bemerkend. „Ich habe die tadelnswerthe Gewohnheit, alles zu sagen, was mir einfällt. Es kam mir wirklich vor, als ob Ihr an mir etwas bemerktet, was Euch erschreckte oder bekümmerte. Ich bitte, bringt das Zimmer in Ordnung, wenn Ihr einmal diese Mühe auf Euch nehmen wollt. Und achtet nicht auf das, was ich sage — Ihr werdet Euch schon an meine Art und Weise gewöhnen — wir werden uns bald behaglich und freundschaftlich miteinander fühlen."

Gerade als Mistreß Frankland die Worte „behaglich und freundschaftlich" sagte, verließ die neue Wärterin das Fenster und kehrte an die Stelle des Zimmers zurück, wo sie zwischen dem Kamin und den zusammengezogenen Vorhängen am Fuße des Bettes den Blicken der Wöchnerin entzogen war. Rosamunde sah sich um und wollte dem Doctor ihre Ueberraschung zu erkennen geben, dieser aber wendete sich in demselben Augenblick so, daß er eine Stellung einnahm, welche ihn in den Stand setzte zu beobachten, was Mistreß Jazeph auf der andern Seite der Bettvorhänge unternahm.

Bei dem ersten Blick, den er auf sie warf, bemerkte er, daß sie beide Hände vor das Gesicht hielt. Ehe er noch mit sich darüber einig werden konnte, ob er sie während sie im Begriff stand, sich die Augen zuzuhalten, überraschte oder nicht, bewegten die Hände sich wieder und nahmen den Hut vom Kopfe.

Nachdem Mistreß Jazeph diesen Theil ihrer Kleidung nebst ihrem Shawl und ihren Handschuhen auf einen Stuhl in eine Ecke des Zimmers gelegt hatte, ging sie an den Tisch und begann die verschiedenen darauf herumliegenden, zum Nutzen oder zur Zierde dienenden Gegenstände zu ordnen. Sie that dies mit auffallender Gewandtheit und Nettigkeit und bewies ein Arrangirtalent und eine Fähigkeit, zwischen Dingen, die wahrscheinlich öfter gebraucht wurden, und solchen, mit denen dies nicht der Fall war, zu unterscheiden, welches einen sehr günstigen Eindruck auf den Doctor machte. Ganz besonders bemerkte er die Sorgfalt, womit sie einige Flaschen Arzenei zur Hand nahm, die Aufschriften einer jeden las und die Medicin, welche vielleicht des Nachts gebraucht wurde, auf die eine Seite des Tisches und die Medicin, welche vielleicht am Tage nöthig war, auf die andere zusammenstellte.

Als sie den Tisch verließ und sich mit dem Geraderücken der Möbels und dem Zusammenfalten von umherliegenden Kleidungsstücken beschäftigte, schien selbst die geringste Bewegung ihrer hagern, abgezehrten Hände niemals aufs Gerathewohl oder vergebens gemacht zu werden. Geräuschlos, bescheiden, aufmerksam bewegte sie sich von der einen Seite des Zimmers nach der andern und Sauberkeit und Ordnung folgten ihren Schritten, wohin sie auch ging.

Als Doctor Orridge seinen Platz an Mistreß Frankland's Bett wieder einnahm, war er wenigstens in einer Beziehung beruhigt. Es war ihm nämlich vollkommen klar, daß von der neuen Wärterin mit Bestimmtheit zu erwarten stand, sie werde keinen Fehlgriff begehen.

„Es ist eine sonderbare Frau“, flüsterte Rosamunde.

„Ja, eine sonderbare Frau“, wiederholte der Doctor, „und körperlich sehr leidend, obschon sie es nicht gesteht. Indessen, sie ist wunderbar geschickt und anstellig und es kann nichts schaden, wenn wir es eine Nacht mit ihr versuchen — das heißt, wenn Sie nichts dagegen einzuwenden haben.“

„Im Gegentheil“, sagte Rosamunde, „sie interessirt mich. Es liegt in ihrem Gesicht und in ihrem Wesen etwas — was es eigentlich ist kann ich nicht sagen — was mich neugierig macht, mehr von ihr zu wissen. Ich muß sie zum Sprechen bringen und versuchen, ob ich alle ihre Eigenthümlichkeiten herauslocken kann. Fürchten Sie nicht, daß ich mich aufregen werde, und bleiben Sie deswegen nicht hier in diesem langweiligen, schwülen Zimmer. Es wäre mir lieber, wenn Sie hinuntergingen und meinem Gatten bei seinem Weine Gesellschaft leisteten. Gehen Sie und plaudern Sie mit ihm und vertreiben Sie ihm ein wenig die Zeit. Sie muß ihm gar so lang werden, dem armen Schelm, während ich hier oben liege, und er hat Sie sehr gern, Doctor — ich weiß es, daß er Sie gern hat. Warten Sie noch einen Augenblick und sehen Sie den Kleinen noch einmal an. Er schläft doch nicht etwa zu viel? Und, lieber Doctor, noch ein Wort. Wenn Sie Ihren Wein getrunken haben, wollen Sie mir dann versprechen, meinem Gatten den Gebrauch Ihrer Augen zu leihen und ihn zu mir heraufzubringen, damit er mir gute Nacht sage?“

Der Doctor machte sich bereitwilligst verbindlich, Mistreß Frankland's Wunsch zu erfüllen und verließ dann ihr Bett.

Als er die Zimmerthür öffnete, blieb er stehen, um Mistreß Jazeph zu sagen, daß er unten wäre wenn sie ihn brauchte, und daß er ihr alle erforderlichen Instructionen später des Abends geben würde, ehe er das Hotel verließe., um sich nach Hause zu begeben.

Die neue Wärterin kniete, als er an ihr vorbeiging, eben vor einem von Mistreß Frankland's geöffneten Koffern und legte mehrere etwas nachlässig zusammengefaltete Bekleidungsgegenstände darin zurecht. In dem Augenblick, ehe er sie anredete, bemerkte er, daß sie ein Chemisett in ihrer Hand hatte, dessen Krause mit Band durchzogen war. Dieses Band war sie, wie er zu bemerken glaubte, im Begriff herauszuziehen, als das Geräusch seiner Tritte sie störte. Sofort als sie seine Annäherung bemerkte, warf sie das Chemisett schnell in den Koffer und bedeckte es mit einigen Taschentüchern.

Obschon dies Verfahren von Mistreß Jazeph's Seite den Doctor ein wenig überraschte, so that er doch nicht, als ob er es bemerkt hätte. Ihre Herrin hatte sich, auf fünfjährige Erfahrung gestützt, für ihre Ehrlichkeit verbürgt und das Endchen Band war an und für sich ganz werthlos. Aus beiden Gründen war es unmöglich, von ihr zu glauben, sie habe es stehlen wollen, und dennoch konnte der Doctor, als er das Zimmer verlassen hatte, nicht umhin zu fühlen, daß ihr Benehmen, als er sie an dem Koffer überraschte, genau das einer Person war, welche im Begriff steht, einen Diebstahl zu begehen.

„Ach, macht Euch doch keine Mühe mit meinem Gepäck!" sagte Rosamunde, welche, sobald der Doctor hinaus war, Mistreß Jazeph's Beschäftigung bemerkte; „das ist Sache meiner faulen Zofe und Ihr macht mir sie dadurch nur noch träger. Das Zimmer habt Ihr wunderhübsch aufgeräumt. Kommt nun her, setzt Euch und ruht aus. Ihr müßt eine sehr gute und menschenfreundliche Frau sein, daß Ihr Euch so viel Mühe macht um einer unbekannten Person zu dienen. Durch die Nachricht, welche mir der Doctor heut nachmittag schickte, erfuhr ich zugleich, daß Eure Herrin eine Freundin meines armen, lieben Vaters gewesen ist. Wahrscheinlich hat sie ihn gekannt noch ehe ich auf der Welt gewesen bin. Jedenfalls aber bin ich doppelt dankbar dafür, daß sie sich um meines Vaters willen für mich interessirt. Ihr dagegen könnt nicht von diesen Beweggründen bestimmt worden sein — Ihr seid aus reiner Gutmüthigkeit und Dienstfertigkeit hierhergekommen. Geht nicht wieder ans Fenster. Kommt und setzt Euch her zu mir."

Mistreß Jazeph hatte sich von dem Koffer erhoben und näherte sich dem Bett, wendete sich aber, gerade als

Mistreß Frankland von ihrem Vater zu sprechen begann, schnell nach dem Kamin herum.

„Kommt und setzt Euch her", wiederholte Rosamunde und ward schon ungeduldig, daß sie keine Antwort erhielt. „Was um aller Welt willen macht Ihr denn da am Fuße des Bettes?"

Die Gestalt der neuen Wärterin stellte sich wieder zwischen das Bett und das hinwegschwindende Abendlicht, welches durch das Fenster schimmerte, ehe eine Antwort erfolgte.

„Es wird Abend", sagte Mistreß Jazeph, „und das Fenster ist nicht ganz zu. Ich wollte es eben schließen und die Gardine zuziehen, wenn Sie nichts dagegen hätten, Madame."

„O, noch nicht, noch nicht! Das Fenster könnt Ihr zumachen, wenn Ihr wollt, damit der Kleine sich nicht erkälte — die Gardine aber zieht noch nicht herunter. Laßt mich die Aussicht genießen so lange das Tageslicht es noch gestattet. Die lange Wiese fängt gerade jetzt in dieser Dämmerstunde an, ein wenig wie meine kindischen Erinnerungen von einem cornischen Moor auszusehen. Seid Ihr vielleicht in Cornwall bekannt, Mistreß Jazeph?"

„Ich habe gehört —"

Bei diesen drei ersten Worten der Entgegnung stockte die Wärterin. Sie war eben beschäftigt, das Fenster zuzumachen und es schien ihr einige Mühe zu kosten, den Wirbel zu schließen.

„Was habt Ihr gehört?" fragte Rosamunde.

„Ich habe gehört, daß Cornwall ein rauhes, ödes

Land ist", sagte Mistreß Jazeph, indem sie sich immer noch mit dem Wirbel zu thun machte und folglich Mistreß Frankland immer noch den Rücken zukehrte.

„Bringt Ihr denn das Fenster gar nicht zu?" sagte Rosamunde. „Mein Kammermädchen kommt damit allemal sehr schnell zu Stande. Laßt es doch bis sie heraufkommt, ich will ihr sogleich klingeln. Sie soll mir das Haar bürsten und mir das Gesicht mit ein wenig Eau de Cologne und Wasser kühlen."

„Ich habe das Fenster zu, Madame", sagte Mistreß Jazeph, indem es ihr plötzlich gelang, den Wirbel zu schließen. „Und wenn Sie mir erlauben, so werde ich Ihnen gern den Dienst leisten, den Sie eben erwähnten, ohne daß Sie deswegen erst Ihrem Mädchen zu klingeln brauchen."

Mistreß Frankland meinte bei sich im Stillen, die neue Wärterin sei die sonderbarste Frau, die ihr je vorgekommen, nahm aber das Anerbieten an.

Als Mistreß Jazeph die Mischung von Eau de Cologne und Wasser bereitet hatte, war mittlerweile die Dämmerung tiefer hereingebrochen und das Zimmer fing an, finster zu werden.

„Wollt Ihr nicht ein Licht anzünden?" fragte Rosamunde.

„Ich glaube nicht, daß es nöthig ist", entgegnete Mistreß Jazeph etwas hastig. „Ich kann noch recht gut sehen."

Sie begann, indem sie dies sagte, Mistreß Frankland's Haar zu bürsten und that zugleich eine Frage, welche sich auf die wenigen Worte bezog, die zwischen ihnen in Bezug auf Cornwall gewechselt worden. Erfreut, zu finden, daß die neue Wärterin endlich so vertraulich ward, daß sie sprach ehe sie angeredet worden, wünschte Rosamunde selbst nichts Besseres, als von ihren Erinnerungen an ihre Heimat sprechen zu können.

Aus irgend einem unerklärlichen Grund aber äußerte Mistreß Jazeph's Berührung, so leicht und zart sie auch war, eine so seltsam störende Wirkung auf sie, daß es ihr für den Augenblick nicht gelang, ihre Gedanken so zu sammeln, daß sie anders als auf die kürzeste Weise antworten konnte. Die behutsamen Hände der Wärterin verweilten sanft und verstohlen unter den Locken ihres Haares und das bleiche, abgezehrte Gesicht näherte sich dann und wann ihrem eigenen näher als nöthig zu sein schien.

Ein unbestimmtes Gefühl von Befangenheit, welches sie auf keinen bestimmten Theil ihres Wesens zurückführen — von dem sie kaum sagen konnte, daß sie es in körperlicher Beziehung wirklich fühle — schien über ihr zu schweben und sie zu umgeben wie die Luft, welche sie athmete. Sie konnte sich in dem Bett nicht bewegen, obschon sie es thun wollte. Sie konnte den Kopf nicht so drehen wie es der Strich des Kammes wünschenswerth erscheinen ließ; sie konnte sich nicht umsehen; sie konnte nicht das peinliche Schweigen brechen, welches durch ihre eigene kurze, entmuthigende Antwort herbeigeführt worden.

Endlich reizte dieses Gefühl von eingebildeter oder wirklicher Beängstigung sie so, daß sie Mistreß Jazeph die Bürste aus der Hand riß. In dem Augenblick, wo sie dies gethan, fühlte sie sich beschämt über die unhöfliche Schroffheit dieser Bewegung und verlegen wegen der Unruhe und Ueberraschung, welche das Benehmen der Wärterin zu erkennen gab. Mit dem vollkommenen Bewußtsein der Ungereimtheit ihres Benehmens und dennoch völlig außer Stande, sich zu beherrschen, brach sie in ein lautes Gelächter aus und warf die Bürste von sich an den Fuß des Bettes.

„Ich bitte, wundert Euch nicht, Mistreß Jazeph“, sagte sie immer noch lachend, ohne zu wissen weshalb und ohne daß es ihr im mindesten so zu Muthe war. „Ich weiß wohl, ich bin sehr unartig. Ihr habt mir das Haar herrlich gebürstet aber — ich weiß selbst nicht wie es kommt — es schien mir, als ob Ihr mir zugleich die sonderbarsten Ideen in den Kopf bürstetet. Ich kann nicht umhin darüber zu lachen. Wißt Ihr, daß ich mir ein paar Mal, als Euer Gesicht dem meinigen am nächsten war, sogar einbildete, Ihr wolltet mich küssen? Habt Ihr wohl jemals etwas so Lächerliches gehört? In der That, ich bin in manchen Dingen ein größeres oder vielmehr ein kleineres Kind als der kleine, liebe Säugling hier neben mir.“

Mistreß Jazeph gab keine Antwort. Sie verließ das Bett während Rosamunde sprach und kam nach einer unerklärlich langen Verzögerung mit der Eau de Cologne und dem Wasser zurück.

Als sie das Becken hielt, während Mistreß Frankland sich das Gesicht badete, blieb sie soweit entfernt, als ihr ausgestreckter Arm gestattete, und kam auch nicht näher, als es Zeit war, das Handtuch zu reichen.

Rosamunde begann zu fürchten, daß sie Mistreß Jazeph ernstlich beleidigt habe und versuchte sie dadurch zu beschwichtigen und sich wieder geneigt zu machen, daß sie allerhand Fragen über die Behandlung des Kindes an sie that.

Es lag ein leichtes Zittern in der sanften Stimme der Wärterin, aber nicht der mindeste Anflug von Mürrischkeit oder Unwillen, während sie die an sie gerichteten Fragen einfach und ruhig beantwortete.

Dadurch, daß Mistreß Frankland das Gespräch sich immer noch um das Kind drehen ließ, gelang es ihr allmälig, Mistreß Jazeph wieder an das Bett zu locken — sie zu veranlassen, sich bewundernd über das Kind zu neigen, und ihr endlich sogar Muth zu machen, es zärtlich auf die Wange zu küssen.

Ein einziger Kuß war alles, was sie gab, und dann wendete sie sich von dem Bett ab und seufzte tief.

Der Klang dieses Seufzers berührte Rosamunde's Herz sehr wehmüthig. Bisjetzt war die kurze Spanne des Lebens ihres Sohnes nur von lächelnden Gesichtern und freundlichen Worten umgeben gewesen. Es beunruhigte sie daher, zu bedenken, daß jemand ihn liebkosen und dann seufzen könnte.

„Ich bin überzeugt, daß Ihr Kinder gern habt“, sagte sie, in ihrem angebornen Zartgefühl ein wenig zögernd. „Ihr werdet mich aber entschuldigen, wenn ich bemerke, daß es eine etwas traurige Neigung zu sein scheint, die Ihr zu Kindern habt. Ich bitte Euch — beantwortet meine Frage nicht, wenn es Euch Schmerz verursacht — wenn Ihr vielleicht einen Verlust zu beklagen habt, aber — aber ich möchte Euch gern fragen, ob Ihr jemals selbst ein Kind gehabt habt?“

Mistreß Jazeph stand, als diese Frage gestellt ward, in der Nähe eines Stuhls. Sie ergriff sofort die Lehne desselben und packte diese so fest oder stützte sich vielleicht so schwer darauf, daß das Holzwerk knackte. Ihr Kopf sank tief auf ihre Brust herab. Sie sprach weder ein Wort, noch versuchte sie dies auch nur.

Fürchtend, daß sie ein Kind verloren habe und um sie nicht unnöthigerweise durch weitere Fragen noch mehr zu belästigen, sagte Rosamunde nichts, während sie sich über den Kleinen neigte, um ihn ebenfalls zu küssen. Ihre Lippen ruheten auf seiner Wange ein wenig über der Stelle, wo einen Augenblick zuvor Mistreß Jazeph's Lippen geruht, und berührten auf der glatten, warmen Haut einen nassen Punkt. In der Meinung, daß sie ihn aus Versehen mit dem Wasser bespritzt habe, womit sie sich das Gesicht benetzt, fuhr sie ihm mit den Fingern leicht über Kopf, Hals und Brust, fühlte aber nirgends weiter eine nasse Stelle. Der eine Tropfen, der auf ihn gefallen, war der Tropfen, der die Wange benetzt, die von der neuen Wärterin geküßt worden.

Die Dämmerung senkte sich tiefer auf die Landschaft herab, das Zimmer ward finsterer und finsterer, aber immer noch machte Mistreß Jazeph, obschon sie jetzt dicht an dem Tische saß, auf welchem sich die Lichter und Zündhölzchen befanden, keinen Versuch, ein Licht anzuzünden.

Rosamunden war es ein wenig unbehaglich, im Finstern wach zu liegen, ohne daß jemand weiter im Zimmer war als eine ihr fast noch ganz fremde Person, und sie beschloß daher, die Lichter unverweilt anzünden zu lassen.

„Mistreß Jazeph“, sagte sie, indem sie auf die immer dichter werdende Dunkelheit draußen schaute, „ich werde Euch sehr verbunden sein, wenn Ihr die Lichter anzünden und die Gardine herunterziehen wollt. Ich kann jetzt keine Aehnlichkeit mehr da draußen mit einer cornischen Landschaft herausfinden, denn es ist beinahe gar nichts mehr zu sehen.“

„Lieben Sie Cornwall, Madame?“ fragte Mistreß Jazeph, indem sie sich zögernd erhob, um die Lichter anzuzünden.

„Ei ja wohl“, sagte Rosamunde. „Ich bin dort geboren und befand mich mit meinem Gatten eben auf dem Wege nach Cornwall, als wir meinetwegen hier liegen bleiben mußten. — Ihr braucht lange Zeit, um diese Lichter anzuzünden. Könnt Ihr vielleicht die Zündhölzchenbüchse nicht finden?“

Mistreß Jazeph zerbrach mit einer Unbeholfenheit, die bei einer Person, welche beim Aufräumen des Zimmers so viel Geschicklichkeit bewiesen, überraschen mußte, das erste Zündhölzchen bei dem Versuche, es in Brand zu setzen, und ließ das zweite in dem Augenblick, wo die Flamme zu Stande kam, wieder ausgehen. Bei dem dritten Versuche war sie glücklicher; sie zündete aber nur ein Licht an und dieses eine trug sie von dem Tische, welchen Mistreß Frankland sehen konnte, auf den andern, der durch die Vorhänge am Fuße des Bettes ihren Blicken entzogen war.

„Warum tragt Ihr das Licht dorthin?“ fragte Rosamunde.

„Ich glaubte, es wäre für Ihre Augen, Madame, am besten, wenn Sie das Licht nicht allzunahe hätten“, versetzte Mistreß Jazeph und setzte dann, wie um Mistreß Frankland keine Zeit zu weiteren Einwendungen zu lassen, hinzu:

„Also, Sie waren auf der Reise nach Cornwall, Madame, als Sie hier liegen bleiben mußten? Sie wollten wohl dort ein wenig hin und her reisen?“

Nachdem sie diese Worte gesagt, ergriff sie das zweite Licht und machte sich unsichtbar, indem sie es ebenfalls nach dem andern Tische trug.

Rosamunde meinte im Stillen, daß die Wärterin, trotz ihres sanften Aussehens und Benehmens, doch eine auffallend hartnäckige und eigensinnige Frau sei. Doch war sie zu gutmüthig, um ihr Recht, die Lichter dahingestellt zu sehen, wohin es ihr beliebte, geltend zu machen und als sie Mistreß Jazeph's Frage beantwortete, sprach sie ganz in demselben heitern und vertraulichen Tone wie vorher.

„O nein, nicht um hin und her zu reisen“, sagte sie, „sondern um uns geraden Weges nach dem alten Schlosse zu begeben, in welchem ich geboren worden. Es gehört jetzt meinem Gatten. Ich bin nicht wieder hingekommen, seitdem ich ein kleines Mädchen von fünf Jahren war. Ach, es ist ein halb verfallenes, ungeheuer weitschweifiges altes Gebäude. Ihr, die Ihr von der Oede und Rauheit von Cornwall sprecht, würdet schon vor dem Gedanken zurückbeben, in Porthgenna Tower zu wohnen."

Das leise Raschеln von Mistreß Jazeph's seidenem Kleid, während sie sich an dem Medicintische hin- und herbewegte, war während der ganzen Zeit hörbar gewesen, wo Rosamunde gesprochen hatte. Als sie die Worte „Porthgenna Tower" sprach, hörte es sofort auf und einen Augenblick lang herrschte Todtenstille im Zimmer.

„Ihr, die Ihr wahrscheinlich Euer ganzes Leben lang in schönen, gut in Stand gehaltenen Häusern gewohnt habt, könnt nicht glauben, was für ein Ort es ist, an den wir uns begeben, sobald ich wieder wohl genug bin, um die Reise fortsetzen zu können", fuhr Rosamunde fort. „Was denkt Ihr, Mistreß Jazeph, von einem Hause, dessen ganze eine Seite sechzig oder siebzig Jahre lang gar nicht bewohnt gewesen ist? Danach könnt Ihr Euch einen Begriff von der Größe von Porthgenna Tower machen. Es ist eine westliche Seite da, welche wir bewohnen werden, wenn wir hinkommen, und eine nördliche Seite, wo die leeren alten Zimmer sind, die wir, wie ich hoffe, im Stande sein werden, repariren zu lassen. Denkt nur an die Menge seltsamer, altväterischer Dinge, die wir vielleicht in diesen unbewohnten Zimmern finden! Ich habe mir vorgenommen, die Schürze der Köchin umzubinden und die Handschuhe des Gärtners anzuziehen und diese Gemächer alle vom obersten bis zum untersten zu durchwühlen. Wie werde ich die Haushälterin in Erstaunen setzen, wenn ich nach

Porthgenna komme und ihr die Schlüssel zu den gespenstischen nördlichen Zimmern abverlange.“

Ein leiser Ausruf und ein Geräusch, als ob etwas an den Medicintisch anstieße, folgte auf Mistreß Frankland's letzten Worte. Sie fuhr im Bett empor und fragte begierig, was es gäbe.

„Nichts“, antwortete Mistreß Jazeph und sprach so gezwungen, daß ihre Stimme zu einem Flüstern herabsank. „Nichts, Madame — nichts, ich versichere es Ihnen. Ich stieß mich aus Versehen an den Tisch — bitte, beunruhigen Sie sich nicht — es ist nicht werth, daß man davon spricht.“

„Aber Ihr redet, als ob Ihr Schmerz empfändet“, sagte Rosamunde.

„Nein, nein, ich habe keinen Schmerz. Ich habe mir keinen Schaden gethan.“

Während Mistreß Jazeph erklärte, sie habe sich keinen Schaden gethan, öffnete sich die Thür des Zimmers und der Doctor trat mit Mr. Frankland an der Hand herein.

„Wir kommen etwas zeitig, Mistreß Frankland — wir wollen Ihnen aber vollauf Zeit geben, um sich auf die Nachtruhe vorzubereiten“, sagte Doctor Orridge.

Er schwieg, als er bemerkte, daß Rosamunde's Wangen auffallend geröthet waren.

„Ich fürchte, Sie haben ein wenig zu viel gesprochen und sich dadurch aufgeregt“, fuhr er fort. „Sie nehmen mir es nicht übel, Mr. Frankland, wenn ich Sie darauf aufmerksam mache, daß es gut sein wird, wenn Sie Ihrer Frau Gemahlin sobald als möglich gute Nacht sagen. Wo ist die Wärterin?“

Mistreß Jazeph setzte sich, mit dem Rücken nach dem brennenden Lichte gewendet, nieder, als sie hörte, daß nach ihr gefragt ward. Kurz vorher hatte sie Mr. Frankland mit eifriger, unverhohlener Neugier betrachtet, die jedem, der es bemerkt, als mit ihrem gewöhnlichen, bescheidenen und höflichen Benehmen in auffallendem Widerspruch stehend erschienen wäre.

„Ich fürchte, die Wärterin hat sich zufällig durch Anstoßen an den Tisch mehr Schaden gethan, als sie gestehen will“, sagte Rosamunde zu dem Arzt, indem sie mit einer Hand nach der Stelle zeigte, wo Mistreß Jazeph saß, und die andere zu dem Halse ihres Gatten emporhob, der sich in diesem Augenblicke über ihren Pfühl neigte.

Der Doctor konnte, als er sich näher erkundigte, die neue Wärterin nicht zu dem Geständniß bringen, daß der Unfall von der mindesten Bedeutung sei. Nichtsdestoweniger aber vermuthete er, daß sie Schmerzen litte oder daß wenigstens etwas geschehen sei, was sie unangenehm berührt hätte, denn er hatte die größte Mühe, ihre Aufmerksamkeit zu fesseln, während er ihr für den Fall, daß ihre Dienste während der Nacht nöthig wären, einige Weisungen ertheilte.

Während der ganzen Zeit, wo er sprach, schweiften ihre Augen von ihm hinweg nach dem Theile des Zimmers, wo Mr. und Mistreß Frankland miteinander sprachen.

Mistreß Jazeph war ihrem sonstigen Aussehen nach die allerletzte Person in der Welt, die sich eines Beweises von zudringlicher Neugier schuldig gemacht hätte, und dennoch verrieth sie jetzt offen alle Kennzeichen eines neugierigen Weibes, während Mr. Frankland am Bett seiner Gattin stand.

Der Doctor mußte daher einen fast gebieterischen Ton annehmen, ehe er sie vermögen konnte, auf seine Worte gebührend zu achten.

„Und nun, Mistreß Frankland“, sagte er, indem er sich von der Wärterin abwendete, „da ich nun Mistreß Jazeph alle Instructionen, deren sie bedarf, ertheilt habe, so will ich mit dem Beispiel, Sie in Ruhe zu lassen, vorangehen und Ihnen gute Nacht sagen.“

Den in diesen Worten liegenden Wink wohl verstehend, versuchte auch Mr. Frankland, gute Nacht zu sagen, seine Gattin aber hielt ihn mit beiden Händen fest, und erklärte, es sei unbillig, von ihr zu erwarten, daß sie ihn unter wenigstens einer halben Stunde gehen ließe.“

Der Doctor schüttelte den Kopf und begann sich über die Uebelstände allzugroßer Aufregung und die wohlthätigen Wirkungen der Ruhe und des Schlafs zu verbreiten. Seine Vorstellungen würden jedoch sehr wenig Wirkung geäußert haben, selbst wenn Rosamunde ihm erlaubt hätte, damit fortzufahren, wenn nicht zufällig in diesem Augenblicke der Kleine aufgewacht wäre und sich als ein mächtiger Bundesgenosse des Doctors erwiesen hätte, indem er sofort die ganze Aufmerksamkeit der Mutter für sich in Anspruch nahm.

Diese Gelegenheit im rechten Augenblicke erfassend, führte Doctor Orridge den Vater in aller Ruhe hinaus, gerade als Rosamunde das Kind in ihre Arme nahm. Ehe er die Thüre schloß, blieb er stehen, um Mistreß Jazeph noch ein letztes Wort zuzuflüstern.

„Wenn Mistreß Frankland viel zu sprechen wünscht, so dürft Ihr sie dazu nicht aufmuntern“, sagte er. „Sobald sie den Kleinen befriedigt hat, muß sie schlafen. In jener Ecke dort steht ein Stuhlbett, welches Ihr auseinander schlagen könnt, wenn Ihr Euch niederzulegen wünscht. Das Licht laßt, wo es jetzt steht, hinter dem Bettvorhang. Je weniger Licht Mistreß Frankland sieht, desto eher wird sie einschlafen.“

Mistreß Jazeph gab keine Antwort; sie sah den Doctor blos an und machte einen Knix. Jener seltsame scheue Ausdruck in ihren Augen, den er gleich das erste Mal, wo er sie gesehen, bemerkt, war jetzt schmerzlicher sichtbar als je, als er sie mit der jungen Mutter und dem Kinde für die Nacht allein ließ.

„Es ist nichts mit ihr“, dachte der Doctor, während er Mr. Frankland die Treppe hinunterführte. „Wir werden doch eine Wärterin aus London kommen lassen müssen.“

Ein wenig unwillig über die kurze Art und Weise, auf welche ihr Gatte von ihr hinweggeführt worden, wies Rosamunde ärgerlich die Anerbietungen von Beistand zurück, welche Mistreß Jazeph ihr machte, sobald der Arzt das Zimmer verlassen hatte. Die Wärterin sagte nichts, als ihre Dienste abgelehnt wurden und dennoch schien sie, nach ihrem Benehmen zu urtheilen, etwas zu sagen zu wünschen. Zweimal näherte sie sich dem Bett — öffnete den Mund — stockte — und zog sich verlegen wieder zurück, ehe sie sich sodann wieder auf ihren frühern Platz am Medicintische niederließ. Hier blieb sie, schweigsam und unsichtbar, bis das Kind befriedigt worden und in den Armen seiner Mutter, mit einem seiner rothen, halbgeschlossenen Händchen auf ihrer Brust ruhend, eingeschlafen war.

Rosamunde konnte nicht dem Wunsche widerstehen, das Händchen an ihre Lippen zu drücken, obschon sie dabei riskirte, den Kleinen wieder aufzuwecken. Als sie das Händchen küßte, folgte auf das leise Geräusch des Kusses ein schwaches, unterdrücktes Schluchzen, welches von der andern Seite der Vorhänge am untern Ende des Bettes herkam.

„Was ist das?“ rief sie.

„Nichts, Madame“, sagte Mistreß Jazeph in demselben gezwungenen flüsternden Tone, in welchem sie Mistreß Frankland's frühere Frage beantwortet hatte. „Ich glaube, ich stand eben im Begriff, hier in dem Lehnstuhle einzuschlafen, und ich hätte Ihnen vielleicht schon sagen sollen, daß ich, da ich früher viele Kümmernisse durchzumachen gehabt, und überdies mit einem Herzübel behaftet bin, die Gewohnheit habe, im Schlafe zu seufzen. Es hat dies aber durchaus nichts zu bedeuten, Madame, und ich hoffe, Sie werden die Güte haben es zu entschuldigen.“

Rosamunde's edles Gemüth ward von diesen Worten sofort gerührt.

„Entschuldigen!“ sagte sie. „Ich hoffe, ich werde mehr thun können als dies, Mistreß Jazeph, und im Stande sein, Euch Erleichterung zu verschaffen. Wenn Doctor Orridge morgen wiederkommt, werdet Ihr ihn zu Rathe ziehen und ich werde dafür sorgen, daß es Euch an nichts fehle, was er verordnet. Nein! nein! Dankt mir nicht eher als bis Ihr durch meine Vermittelung wiederhergestellt seid und bleibt jetzt wo Ihr seid, wenn der Lehnstuhl nämlich bequem ist. Der Kleine ist wieder eingeschlafen und ich möchte eine halbe Stunde Ruhe haben, ehe ich mich auf die Nachtseite des Bettes lege. Bleibt jetzt, wo Ihr seid — wenn ich Euch brauche, will ich rufen.“

Diese gutgemeinten Worte brachten aber, weit entfernt, eine beschwichtigende Wirkung auf Mistreß Jazeph zu äußern, gerade das Gegentheil hervor und machten sie unruhig. Sie begann im Zimmer auf und ab zu gehen und versuchte diese Veränderung in ihrem Benehmen dadurch zu erklären, daß sie sagte, sie wünsche sich zu überzeugen, ob alle Anordnungen für die Nacht gehörig getroffen seien.

Nach einigen Minuten begann sie, dem Verbote des Arztes zum Trotz, Mistreß Frankland wieder zum Sprechen zu verlocken, indem sie Fragen in Bezug auf Porthgenna Tower that und zu erörtern versuchte, ob es sich wohl eigne, von einem jungen, neuvermählten Paar zum Wohnsitz gewählt zu werden.

„Vielleicht, Madame“, sagte sie, indem sie mit einem plötzlichen Eifer sprach, der gegen die anscheinende

Gleichgültigkeit ihrer Miene seltsam abstach, „vielleicht wird Ihnen Porthgenna Tower, wenn Sie es sehen, nicht so gut gefallen, wie Sie jetzt glauben. Wer kann wissen, ob Sie dieses alte Gebäude nicht schon nach einigen Tagen wieder verlassen, besonders wenn Sie in die leeren Zimmer gehen. Ich sollte meinen — Sie werden entschuldigen, daß ich so etwas sage — ich sollte meinen, eine Dame wie Sie ginge Staub, Schmuz und unangenehmen Gerüchen soweit als möglich aus dem Wege.“

„O, wenn meine Neugier einmal rege gemacht ist, dann kann ich es mit noch schlimmeren Uebelständen aufnehmen als diese“, sagte Rosamunde. „Und ich bin neugieriger, die unbewohnten Zimmer in Porthgenna zu sehen, als die sieben Wunder der Welt. Wenn wir auch unsern Wohnsitz nicht für immer in dem alten Gebäude nehmen, so weiß ich doch bestimmt, daß wir einige Zeit dort bleiben werden.“

Bei dieser Antwort drehte Mistreß Jazeph sich rasch herum und that keine weitern Fragen. Sie zog sich in eine Ecke des Zimmers neben der Thür zurück, wo der Bettstuhl stand, auf welchen der Doctor sie aufmerksam gemacht — war einige Minuten beschäftigt, ihn für die Nacht bereit zu machen — ließ ihn dann ebenso plötzlich wieder stehen wie sie sich ihm genähert, und begann wieder auf- und abzugehen.

Diese unerklärliche Unruhe, welche Rosamunden schon vorher überrascht, ward ihr jetzt ziemlich unangenehm — besonders als sie Mistreß Jazeph einigemal mit sich selbst sprechen hörte. Nach den Worten und abgebrochenen Redesätzen zu urtheilen, welche dann und wann hörbar waren, drehten ihre Gedanken sich immer noch mit der unerklärlichsten Hartnäckigkeit um Porthgenna Tower.

Als eine Minute nach der andern verfloß und die Wärterin immer noch auf- und abging und mit sich selbst zu sprechen fortfuhr, begann Rosamunde's Mißmuth allmälig in einen gewissen Grad von Furcht überzugehen. Sie beschloß, Mistreß Jazeph auf möglichst schonende Weise zum Bewußtsein der Seltsamkeit ihres Benehmens zu erwecken, indem sie bemerkte, daß sie sprach, dabei aber sich stellte, als ob sie nicht verstünde, daß sie mit sich selbst spräche.

„Was sagtet Ihr?“ fragte Rosamunde und stellte diese Frage in einem Augenblicke, wo die Stimme der Wärterin am deutlichsten verrieth, daß sie laut dachte.

Mistreß Jazeph blieb stehen und richtete den Kopf empor, als ob sie aus einem schweren Schlafe erwachte.

„Ich dachte, Ihr sagtet noch etwas von unserm alten Hause“, fuhr Rosamunde fort. „Es war mir, als hörte ich Euch sagen, ich sollte nicht nach Porthgenna gehen, oder Ihr würdet an meiner Stelle nicht hingehen, oder etwas dieser Art.

Mistreß Jazeph erröthete wie ein junges Mädchen.

„Ich glaube, Sie irren sich, Madame“, sagte sie und bückte sich wieder über den Bettstuhl.

Sie aufmerksam beobachtend, sah Rosamunde, daß

sie, während sie that als setzte sie das Bett in Stand, doch in der That durchaus nichts that, was zu diesem Zwecke eigentlich hätte geschehen müssen.

Was sollte das heißen? Was hatte ihr ganzes Benehmen seit der letzten halben Stunde zu bedeuten?

Während Mistreß Frankland sich diese Fragen vorlegte, erwachte auf einmal in ihr ein furchtbarer Verdacht, sodaß ein kalter Schauer ihren ganzen Körper überrieselte. Vorher hatte sie noch nicht daran gedacht, jetzt aber fiel ihr mit der Macht positiver Ueberzeugung ein, daß die neue Wärterin nicht recht bei Verstande sei!

Alles, was in ihrem Benehmen unerklärlich war — ihr seltsames Verschwinden hinter den Vorhängen am Fuße des Bettes; ihre langsame, verstohlene, allzuvertrauliche Art, die Haarbürste zu handhaben; ihr Schweigen in dem einen Augenblick und ihre Redseligkeit in dem andern; ihre Rastlosigkeit, ihr Flüstern mit sich selbst, der Umstand, daß sie sich stellte, als wäre sie eifrig beschäftigt, etwas zu thun was sie gleichwohl gar nicht that — ihr ganzes seltsames, außerdem unverständliches Thun und Treiben ward auf die eine furchtbare Voraussetzung hin, daß sie wahnsinnig sei, sofort erklärlich.

So sehr Rosamunde auch erschrak, so bewahrte sie doch ihre Geistesgegenwart. Einer ihrer Arme stahl sich unwillkürlich um den Leib ihres Kindes und sie hatte den andern schon halb emporgehoben, um die über ihrem Kopfkissen hängende Klingelschnur zu fassen, als sie sah, wie Mistreß Jazeph sich herumdrehte und sie ansah.

Eine Frau, deren Nervensystem blos von der gewöhnlichen Art gewesen wäre, hätte wahrscheinlich in der unüberlegten Verzweiflung purer Furcht in diesem Augenblicke sofort die Klingel gezogen. Rosamunde aber besaß Muth genug, um die Folgen zu berechnen und zu bedenken, daß Mistreß Jazeph vollauf Zeit gehabt hätte, die Thür zu verschließen ehe Beistand herbeikommen könnte, wenn sie ihren Argwohn dadurch verriethe, daß sie klingelte, ohne erst einen scheinbaren Grund dafür anzugeben.

Sie schloß daher, während die Wärterin sie ansah, langsam die Augen, theils um dieselbe glauben zu machen, daß sie schlafen wolle — theils um Zeit zu gewinnen, einen Vorwand zu ersinnen, der sie berechtigte, ihr Kammermädchen zu rufen. Ihre Aufregung hinderte sie jedoch an der freien Ausübung ihres Scharfsinnes. Eine Minute nach der andern schleppte sich langsam hin und immer noch fiel ihr nichts ein, was ihr als Vorwand dienen könnte, die Klingel zu ziehen.

Eben überlegte sie, ob es nicht das sicherste wäre, Mistreß Jazeph mit einem Auftrage an ihren Gatten aus dem Zimmer zu schicken, in dem Augenblicke, wo sie hinaus wäre, die Thür zu verriegeln und dann zu klingeln — eben überlegte sie, ob sie dies Verfahren kühn einschlagen sollte oder nicht, als sie das Rascheln des seidenen Kleides der Wärterin sich dem Bett nähern hörte.

Ihr erster Impuls war den Klingelzug zu fassen, die Furcht hatte aber ihre Hand gelähmt und sie war nicht im Stande, dieselbe von dem Bette emporzuheben.

Das Rascheln des seidenen Kleides hörte auf. Rosamunde öffnete ein wenig die Augen und sah, daß die Wärterin in der Mitte zwischen dem Theile des Zimmers, von welchem sie herkam, und dem Bett stehen blieb. In ihrem Blicke lag jetzt durchaus nichts Wildes oder Zorniges. Die Aufregung, welche ihr Gesicht zu erkennen gab, war die Aufregung der Verwirrung und Unruhe. Sie stand da, indem sie wie die verkörperte Angst und Verzweiflung die Hände rasch nacheinander faltete und wieder voneinander löste. So stand sie beinahe eine Minute — dann näherte sie sich wieder um einige Schritte und sagte flüsternd und in fragendem Tone:

„Noch nicht eingeschlafen? Noch nicht ganz eingeschlafen?“

Rosamunde versuchte zu antworten, die raschen Schläge ihres Herzens schienen ihr aber bis auf die Lippen heraufzudringen und die Worte auf denselben zu ersticken.

Die Wärterin kam näher — immer noch mit derselben Angst in ihren Zügen — bis sie nur noch etwa einen Fuß von dem Bette entfernt war — kniete zu Häupten desselben nieder und sah Rosamunden mit innigem Blicke an. Dann schauderte sie ein wenig und blickte sich rings um, wie um sich zu überzeugen, daß das Zimmer leer sei — beugte sich vorwärts — zögerte — beugte sich näher und flüsterte ihr die Worte ins Ohr:

„Wenn Sie nach Porthgenna gehen, dann hüten Sie sich vor dem Myrthenzimmer!“

Der heiße Athem der Sprechenden schlug an Rosamunde's Wange und schien fieberhaft durch alle Adern ihres Körpers zu jagen. Die krampfhafte Erschütterung dieses unaussprechlichen Gefühls sprengte die Fesseln der Angst, welche ihr bisjetzt Bewegung und Sprache geraubt. Kreischend fuhr sie im Bette empor, ergriff den Klingelzug und riß heftig hinein.

„O, still! still!“ rief Mistreß Jazeph, indem sie auf ihre Knie zurücksank und mit der hülflosen Geberde eines Kindes verzweifelnd die Hände zusammenschlug.

Rosamunde klingelte zum zweiten und dritten Male. Eilige Tritte und eifrige Stimmen ließen sich draußen auf der Treppe hören. Es war noch nicht zehn Uhr — noch war niemand zu Bette — und das heftige Klingeln hatte bereits das Haus alarmirt.

Die Wärterin stand auf, taumelte von dem Bette zurück und lehnte sich an die Wand des Zimmers, während die Tritte und die Stimmen die Thür erreichten. Sie sprach kein Wort weiter. Die Hände, welche sie einen Augenblick vorher so heftig zusammengeschlagen, hingen schlaff an ihrem Körper herab. Die Leere eines ungeheuern Kampfes breitete sich über ihr ganzes Gesicht und versenkte es in schauerliche Ruhe.

Die erste Person, welche in das Zimmer trat, war Mistreß Frankland's Zofe und die Wirthin folgte dieser auf dem Fuße.

„Rufen Sie Mr. Frankland“, sagte Rosamunde, mit matter Stimme die Wirthin anredend; „ich wünsche ihn sofort zu sprechen. Du", fuhr sie, dem Kammermädchen winkend, fort, „bleibst hier bei mir sitzen bis Dein Herr kommt. Ich habe einen furchtbaren Schrecken gehabt. Frage mich nicht, bleib aber da."

Die Zofe sah ihre Herrin verwundert an und sah sich dann mit verächtlich zürnendem Blick nach der Wärterin um.

Als die Wirthin das Zimmer verließ, um Mr. Frankland zu holen, hatte die Wärterin sich ein wenig von der Wand hinwegbewegt, sodaß sie einen vollen Ueberblick über das Bett hatte. Ihre Augen hefteten sich mit einem Blick athemloser Erwartung und verzehrender Angst auf Rosamunde's Gesicht. Aus allen ihren übrigen Gesichtszügen schien jeder Ausdruck verschwunden zu sein. Sie sagte nichts, sie achtete auf nichts. Sie schrak nicht zusammen, sie trat keinen Zoll breit auf die Seite als die Wirthin wiederkam und Mr. Frankland seiner Gattin zuführte.

„Lenny! laß die neue Wärterin nicht während der Nacht hier bleiben, ich bitte Dich darum", flüsterte Rosamunde, indem sie ihren Gatten hastig am Arme faßte.

Durch das Zittern ihrer Hand stutzig gemacht, legte Mr. Frankland seine Finger leicht auf ihre Schläfe und ihr Herz.

„Gütiger Himmel, Rosamunde, was ist geschehen! Ich verließ Dich ruhig und behaglich und nun —"

„Ich bin erschreckt worden, Geliebter — fürchterlich durch die neue Wärterin. Sei nicht hart gegen sie, das arme Wesen; sie ist nicht recht bei Verstande — ich bin überzeugt, daß sie es nicht ist. Schaffe sie blos in aller Stille fort — schicke sie wieder dahin wo sie hergekommen ist. Ich sterbe vor Furcht, wenn sie hierbleibt. Sie hat sich so seltsam benommen — sie hat so sonderbare Worte gesprochen — Lenny, Lenny, laß meine Hand nicht los. Sie kam auf so fürchterliche Weise an mich herangeschlichen, gerade bis an die Stelle, wo Du jetzt stehst. Sie kniete dicht vor mir nieder und flüsterte — o, welche Worte!"

„Still, still, Geliebte", sagte Mr. Frankland, der durch die Heftigkeit von Rosamunde's Aufregung ernst beunruhigt ward. „Wiederhole diese Worte jetzt nicht; warte bis Du ruhiger bist — ich bitte Dich inständig, warte bis Du ruhiger bist. Ich will alles thun, was Du wünschest, nur lege Dich wieder nieder — verhalte Dich ruhig und versuche Dich zu fassen, ehe Du wieder ein Wort sprichst. Ich brauche weiter nichts zu wissen, als daß diese Frau Dich erschreckt hat und Du sie mit so wenig Unfreundlichkeit als möglich fortgeschickt zu sehen wünschest. Alle weiteren Auseinandersetzungen wollen wir bis morgen früh verschieben. Ich bedaure sehr, daß ich nicht gleich auf meiner Idee bestand, Dir eine geeignete Wärterin von London kommen zu lassen. Wo ist die Wirthin?"

Die Wirthin stellte sich neben Mr. Frankland.

„Ist es spät?" fragte Leonard.

„O nein, Sir, noch nicht zehn Uhr."

„Nun dann lassen Sie sobald als möglich eine Chaise vorfahren. Wo ist die Wärterin?"

„Sie steht hinter Ihnen an der Wand“, sagte die Zofe.

Als Mr. Frankland sich nach dieser Richtung hinwendete, flüsterte Rosamunde ihm zu:

„Sei nicht hart gegen sie, Lenny.“

Die Zofe, welche Mistreß Jazeph mit verächtlicher Neugier betrachtete, sah den ganzen Ausdruck ihres Gesichts sich ändern, als diese Worte gesprochen wurden. Die Thränen stiegen ihr in die Augen und flossen unaufhaltsam ihre Wangen herab. Der tödtliche Zauberbann der Unbeweglichkeit, der auf ihrem Gesicht gelegen, war sofort gebrochen. Sie zog sich wieder dicht an die Wand zurück und lehnte sich an dieselbe wie zuvor.

„Sei nicht hart gegen sie!“ hörte die Zofe sie in leisem, schluchzendem Tone bei sich selbst wiederholen. „Sei nicht hart gegen sie. O, mein Gott, sie sagte dies aus gütigem Herzen — sie sagte es wenigstens aus gütigem Herzen.“

„Es ist nicht meine Absicht, unfreundlich mit Euch zu sprechen oder Euch unfreundlich zu begegnen“, sagte Mr. Frankland, der nicht deutlich hörte, was sie sagte. „Ich weiß nicht, was vorgefallen ist und ich erhebe keine Anklage. Ich sehe blos meine Gattin heftig aufgeregt und erschreckt; ich höre, daß sie diese Aufregung mit Euch in Zusammenhang bringt — nicht in zorniger, sondern in mitleidiger Weise. Und anstatt unfreundlich zu sprechen, ziehe ich vor, es Eurem eigenen Rechtsgefühl anheimzustellen zu entscheiden, ob Eure Dienste hier nicht sofort als beendet anzusehen sind. Ich habe dafür gesorgt, daß Ihr einen Wagen bekommt, um wieder nach Hause zu gelangen und würde vorschlagen, daß Ihr Eurer Herrin unsere Entschuldigung meldet und weiter nichts sagt, als daß Umstände sich ereignet haben, welche uns nöthigen, auf Eure Dienste zu verzichten."

„Sie sind sehr rücksichtsvoll gegen mich, Sir", sagte Mistreß Jazeph in ruhigem Tone und mit einer gewissen sanften Würde in ihrem Wesen, „und ich will mich Ihrer Nachsicht nicht unwürdig zeigen; deshalb verschweige ich, was ich zu meiner Vertheidigung sagen könnte."

Sie trat in die Mitte des Zimmers und blieb auf dem Punkte stehen, wo sie Rosamunde deutlich sehen konnte. Zwei Mal versuchte sie zu sprechen und zwei Mal versagte ihr die Stimme. Bei der dritten Anstrengung gelang es ihr sich zu beherrschen.

„Ehe ich gehe, Madame", sagte sie, „spreche ich die Hoffnung aus, daß Sie mir glauben werden, wenn ich Ihnen versichere, daß ich keinen Groll gegen Sie hege, weil Sie mich fortschicken. Ich zürne Ihnen nicht — ich bitte, seien Sie stets eingedenk, daß ich Ihnen nicht zürne und daß ich mich mit keinem Worte beklagt habe."

Es lag, während sie diese wenigen Worte sprach, eine solche Trostlosigkeit in ihren Zügen und eine so sanfte, wehmüthige Resignation in jedem Ton ihrer Stimme, daß Rosamunde fast Reue empfand.

„Warum aber erschrecktet Ihr mich denn?" fragte sie halb nachgebend.

„Warum ich Sie erschreckte! Wie könnte ich Sie erschrecken? O mein Gott, wie sollte von allen Menschen der Welt ich es sein, der Sie erschreckte?“

Indem die Wärterin diese Worte in wehmüthigem Tone sagte, ging sie nach dem Stuhle, auf welchen sie ihren Hut und Shawl gelegt und bekleidete sich damit.

Die Wirthin und das Kammermädchen, welche sie mit neugierigen Augen beobachteten, entdeckten, daß sie wieder bitterlich weinte und bemerkten gleichzeitig mit Erstaunen, wie sauber und nett sie ihren Hut aufsetzte und ihren Shawl umnahm. Die abgezehrten Hände bewegten sich mechanisch und zitterten während sie sich bewegten — und dennoch, so geringfügig auch der Umstand war, so leitete dennoch der unerbittliche Instinct des Anstandes und der Wohlangemessenheit ihrer unbedeutendsten Handlungen.

Auf ihrem Wege nach der Thür blieb sie, als sie an dem Bett vorüberkam, nochmals stehen, blickte durch ihre Thränen hindurch auf Rosamunde und das Kind, kämpfte eine Weile mit sich selbst und sprach dann ihre Abschiedsworte:

„Gott segne Sie und schenke Ihnen und Ihrem Kinde Glück und Gedeihen“, sagte sie. „Ich zürne Ihnen nicht, daß Sie mich fortschicken. Wenn Sie später wieder einmal an mich denken, so erinnern Sie sich, daß ich Ihnen nicht zürnte und daß ich mich nicht beklagte.“

Sie blieb noch einen Augenblick immer noch weinend und die Mutter und das Kind durch ihre Thränen hindurch betrachtend stehen, dann wendete sie sich ab und ging nach der Thür. Es lag etwas in den letzten Tönen ihrer Stimme, was tiefes Schweigen in dem Zimmer zur Folge hatte. Von den vier darin anwesenden Personen konnte keine ein Wort sprechen, als die Wärterin leise die Thür schloß und allein von ihnen hinwegging.

CPSIA information can be obtained
at www.ICGtesting.com
Printed in the USA
LVHW110717140722
723495LV00002B/26

9 783375 078652